U0109789

民國文化與文學研究文叢

十七編

李　怡 主編

第3冊

論趙元任結合新詩與音樂的理論與實踐——以《新詩歌集》的〈秋鐘〉、〈瓶花〉、〈也是微雲〉、〈上山〉為例

張窈慈 著

國家圖書館出版品預行編目資料

論趙元任結合新詩與音樂的理論與實踐——以《新詩歌集》的〈秋鐘〉、〈瓶花〉、〈也是微雲〉、〈上山〉為例／張窈慈 著 -- 初版 -- 新北市：花木蘭文化事業有限公司，2024〔民 113〕
目 4+152 面；19×26 公分
（民國文化與文學研究文叢　十七編；第 3 冊）
ISBN 978-626-344-843-8（精裝）
1.CST：趙元任 2.CST：新詩 3.CST：詩評 4.CST：樂理
820.9　　113009389

民國文化與文學研究文叢
十七編　第三冊　　ISBN：978-626-344-843-8

論趙元任結合新詩與音樂的理論與實踐
——以《新詩歌集》的〈秋鐘〉、〈瓶花〉、〈也是微雲〉、〈上山〉為例

作　　者　張窈慈
主　　編　李　怡
企　　劃　四川大學中國詩歌研究院
總 編 輯　杜潔祥
副總編輯　楊嘉樂
編輯主任　許郁翎
編　　輯　潘玟靜、蔡正宣　美術編輯　陳逸婷
出　　版　花木蘭文化事業有限公司
發 行 人　高小娟
聯絡地址　235 新北市中和區中安街七二號十三樓
　　　　　電話：02-2923-1455／傳真：02-2923-1452
網　　址　http://www.huamulan.tw 信箱 service@huamulans.com
印　　刷　普羅文化出版廣告事業
初　　版　2024 年 9 月
定　　價　十七編 11 冊（精裝）台幣 28,000 元　

論趙元任結合新詩與音樂的理論與實踐
——以《新詩歌集》的〈秋鐘〉、〈瓶花〉、〈也是微雲〉、〈上山〉為例

張窈慈　著

作者簡介

張窈慈，1981年生，國立中山大學中國文學系文學博士。曾任國小一般與音樂教師，公私立科技大學講師與助理教授，公私立大學助理教授。

碩博畢業論文，皆以文學與音樂為題材，博士論文為《唐聲詩及其樂譜研究》。碩博論文曾發表各章論文於《國立臺北藝術大學藝術評論》、《國立臺灣藝術大學學報》（前述期刊屬為國科會藝術學門：良好期刊，收於THCI）、《國立臺南大學藝術研究學報》、《臺灣藝術大學藝術論文集刊》、《屏東教育大學學報》、《東方人文》之中。另有單篇論文〈從李臨秋的歌謠談舊曲新唱的詩樂藝術〉，《大同大學通識教育年報》7期（100.06）；〈淺談毛奇齡之音樂美學〉，《國立臺南大學藝術研究學報》1卷2期（97.10）；〈論《周禮》「樂」的文化內涵〉，《中國語文》584期（95.02）等三篇音樂文學或音樂美學的學術論文。

出版著作有《嘉竹器宇——走在斐然成Chang的道路上》（111.06）、《彈音論樂——聆聽律動的音符》（修訂版）（111.05）、《彈音論樂——聆聽律動的音符》（104.09）、《唐聲詩及其樂譜研究》（101.09）。

提　　要

近代中國音樂史上，趙元任先生結合了新詩與西洋歌樂作品的創作，開創了近代中國音樂的先河。他的語言學造詣很深，能切入聲韻與詞曲的結合，作為創作歌曲的基礎。再者，他身處於五四運動的環境下，運用當時詩人的創作來譜曲，曲子的內容複雜，風格多變，頗能展現個人獨有的特色，堪稱為「五四時期」作曲音樂家的代表人物。本論文的研究，基於趙先生的獨特貢獻，進而展開其新詩與音樂的理論與實踐之探討。

全文的素材，取自於趙如蘭女士所收錄的《趙元任音樂論文集》為理論依據，又以趙先生《新詩歌集》歌詞中的新詩，作為當時文人文學創作的例證。尚且，試從〈秋鐘〉、〈瓶花〉、〈也是微雲〉與〈上山〉等四首樂歌的實踐，以印證趙先生詩歌與音樂結合理論的見解與貢獻。

論文共有五章，首章「緒論」之外，逐次分章論述四首樂曲之新詩與音樂結合的相關性。內容主要重點有四：其一，探討音樂與文學的獨立性與藝術性，再將二項藝術相互作結合，由音樂與詩歌本有的「互通消息」、「交相為用」藝術共通性等特質，來了解音樂與文學的共鳴點所在。其二，關於趙先生音樂理論與音樂創作的思想內涵與藝術技巧，經筆者分析歸納，以凸顯他的音樂作品在文學中，抑或文學作品在音樂中的重要地位。其三，為探討趙先生對於樂曲的技法和理念等見解，並以他實際的創作來印證個人處理創作樂曲的技巧及方法。其四，試從語言學的觀點來看中國的詩歌吟唱，以研究趙先生對於中國古代吟唱藝術的傳承與運用。

總結來說，趙先生「藝術歌曲」的創作，本是人文與藝術的結合所形成的。音樂上，深受西方音樂的影響，但又不失中國傳統曲味；文學上，詩體的解放，讓新詩無論在形式或內容中，多能反映五四新文化的精神樣貌。趙先生的《新詩歌集》裡，這種取之於文學素材，進而發揮個人音樂創作的方式，不僅透露著他對原詩作思想內涵的認同，而且，還能與當時的社會現況與時代意識，相為呼應。這是將音樂創作與文學作品作一適切的結合，實為當時的樂壇，注入一重要的新生命，也為近現代的音樂發展，奠定重要的基礎。

答范玲問：「文史對話」的文學立場——《民國文化與文學研究文叢·十七編》代序

李　怡

一、「文史對話」的歷史來源

范玲（以下簡稱「范」）：李老師您好，八年前您曾以「文史對話」替換「文化研究」這一概念，並用以指涉新時期以來中國現當代文學研究界逐漸興起的某種研究趨向。〔註1〕我注意到，您在當時的討論中傾向於將「歷史」「文化」視為一個詞組而並未對二者作出明確的區分。請問這樣一種處理是否有特別的原因？

李怡：（以下簡稱「李」）：從1980年代到1990年代，一直到新世紀的今天，文學研究實質上一直在試圖走出「純文學」的視野，希望在更廣大的社會文化領域開闢新的可能性。但與此同時，中國之外的西方文學世界也正在發生一個重大的變化，也就是我們今天看到的所謂「文化研究」的興起。這一研究趨向也在這個時候開始逐漸在我們的學術領域裏產生重要的影響，不僅文學研究界，歷史學界也在發生著重要的變化。

文學界的變化就是越來越強調從歷史文獻中尋覓文學的意義解讀，而不是對文學理論的某種依賴。這裡的歷史文獻包括文字形態的，當時也包括對文學發生發展背後的一系列社會史事實的瞭解和梳理。

在歷史學界，就是所謂後現代歷史觀的出現，以及微觀史學這樣一個方法

〔註1〕參見李怡：《文史對話與中國現當代文學研究》，《中國社會科學》2016年第3期。

的出現，它們都在很大程度上改變了我們過去習慣的那套思維方式——不再局限於將歷史認知僅僅依靠於一系列的「客觀的」歷史事實，如文學這樣充滿主觀色彩的文獻也可以成為歷史的佐證，或者說將主觀性的文學與貌似客觀的歷史材料一併處理，某種意義上，歷史研究也在向著我們的文學研究靠近。

這個時候，整個文學思維和文學研究的方法也開始面臨一個特別複雜的境況。正是在這樣的背景下，當我們需要探討從 1980 年代中期的「方法熱」到 1990 年代再至新世紀，這一二十年圍繞文學和社會歷史這一方向所發生的改變，就不得不變得特別謹慎和小心。所以你說我八年前在使用這些相關概念時，顯得特別謹慎，我想原因就在於，當時無論是用「文史對話」來替代「文化研究」，還是在不同的意義上暗含著對「歷史」「文化」的不同的理解，都包含了我對這樣一個複雜的文學研究狀態的一個更細緻的理解。

范：那麼在這樣一種複雜的背景下，我們應該如何更好地理解和界定「文史對話」這一概念呢？能否談談用這一概念替換「文化研究」的原因還有這種替換的有效性？

李：實質上，在《文史對話與中國現當代文學研究》這篇文章裏，我涉及到了好幾個概念。所謂 1980 年代中後期的學術方法，我其實更傾向於認為它既不是今天的「文史對話」，也不是我們 1990 年代所說的「文化研究」，我把它稱為「文化視角」的研究。什麼是「文化視角」的研究呢？就是從不同的文化角度解釋文學現象，這是和 1980 年代初期到中期的方法論探討聯繫在一起的。而這個方法論，它本質上是為了突破新中國建國後很多年間構成我們文學研究的一個最主要的統治性的研究方法，也就是所謂的社會歷史研究。

當然，我們曾經從社會歷史的角度來研究、解釋文學，這是沒有問題的，但在那個特殊的年代，這幾乎被作為我們解釋文學的唯一方法，一種壓倒性的，甚至是和政治正確緊密聯繫在一起的方法。而 1980 年代初期和中期開始的方法論更新，則意味著我們開始可以從不同的角度認知文學，解釋文學。一個評論家擁有了解釋的權利，而且能夠通過這樣的解釋發現文學更豐富的內涵，那麼所謂從社會歷史或者社會文化的角度來解釋文學，那就只是其中的一個方法，而且在當時就出現了比如從不同的文化方向解釋文學發生、發展規律的一些重要嘗試。

著名的「二十世紀中國文學」概念中專門就有一部分是談「文化視角」的。他們仍然認為「二十世紀中國文學」中一個非常重要且不能被取代的角度，就是從文化角度研究、分析並解釋我們中國文學的發展問題。所以那個時候，這個所謂的「文化視角」研究是非常重要的一個思路。隨著1980年代後期，比如尋根文學思潮的出現，文化問題再一次成為了我們學界關注的一個重心。那個時候，是所謂「文化熱」。這個「文化視角」實際上是伴隨著人們那時對整個文化問題的興趣而出現的，這是1980年代。

范：也就是說，我們其實是需要回到學術史發展的整體脈絡當中去重新梳理其中變化的軌跡，才能夠更好地理解和把握「文史對話」這一概念的，對嗎？

李：對的。事實上，到了1990年代中期，情況就發生了一個變化。這裡面有一個標誌性的事件，那就是1994年汪暉與美國加州大學洛杉磯分校的李歐梵教授在《讀書》雜誌上發表的系列對話。他們從西方學術史的角度出發，追問什麼是「文化研究」，「文化研究」與地區研究的關係等問題。這個在學術史上被看作新一輪「文化研究」的重要開端。值得注意的是，像汪暉、李歐梵所介紹和追問的「文化研究」，其實不同於我剛才說的中國學者在1980年代借助某些文化觀點分析文學的這樣一種研究方法。

英國學者雷蒙・威廉斯和霍加特的「文化研究」是對歷史文化本身的各種文化元素的研究，而不再是我們討論文學意義時的簡單背景。1980年代，我們強調通過社會歷史文化背景來進一步解釋文學產生過程的基礎問題，但是在「文化研究」裏，這些所謂的社會歷史文化元素，不再是背景，他們本身就成為了研究考察的對象。或者說，那種以文學文本為研究中心，而其他社會歷史文化都作為理解文本意義的這樣一個模式，是被超越了，突破了。整個社會文化被視作一個大的「文本」。

范：那這樣一種「文化研究」的範式是怎樣逐步被中國文學研究界接納並最終獲得較為廣泛的發展和影響力的呢？

李：其實在1990年代首先意識到這種重大變化的並不是我們的現當代文學研究界，而是文藝學研究界。那時可以說是廣泛地介紹和評述了這個所謂的「文化研究」。1990年代中期以後，一大批學者成為了「文化研究」的介紹者、評述者，包括像是李陀、羅崗、劉象愚、陶東風、金元浦、戴錦華、王岳川、陳曉明、王曉明、南帆、王德勝、孟繁華、趙勇等基本都是以文藝理論見長的學者。他們的意見和介紹，在某種意義上，是將正在興起的「文化研究」視為了超越中國文藝學學科自身缺陷的一個努力的方向。

這種來自文藝學界的對「文化研究」的重視，發展至 1990 年代後期已相當有聲勢，並且開始對中國現當代文學研究界造成衝擊和影響。一些中國現當代文學研究界的學者也開始提出文學的「歷史化」問題，正是在這個時候，新歷史主義的歷史闡釋學和福柯的知識考古學被較多地引入到了中國現當代文學研究界。洪子誠老師的《中國當代文學史》被公認為中國當代文學學術化與知識化研究的開創之作。這本書的一個基本觀點可以說改變了中國當代文學研究的格局，那就是：「本書的著重點不是對這些現象的評判，即不是將創作和文學問題從特定的歷史情境中抽取出來，按照編寫者所信奉的價值尺度（政治的、倫理的、審美的）做出臧否，而是努力將問題『放回』到『歷史情境』中去審察。」〔註 2〕

范：中國當代文學研究格局變化了以後，是否也對中國現代文學研究產生了直接的影響呢？

李：如果我們對百年來中國文學研究的變化作一個更細緻的區分的話，我覺得中國現代文學研究和中國當代文學研究的內部可能還存在一些差異。當代文學研究是最早提出「歷史化」這個問題的，這與當代文學這個學科一開始就存在爭議有關。1980 年代，人們其實仍然在討論當代文學應不應該寫史的問題，到了 1990 年代後期，當代文學研究界便提出了「歷史化」的問題。這其實就讓當代文學是否應該寫「史」成為了過去，而這個「史」從什麼時候開始，怎樣才能寫「史」，就是重新再「歷史化」的一個過程。這是對文學背後所存在的巨大的歷史現象加以深刻的、整體關注和解讀的結果。

那麼現代文學呢，它的反應沒有當代文學那麼急切。但是，可以說從 1990 年代後期到新世紀開始，現代文學研究界同樣也提出了在不同社會文化背景中進一步深挖現代文學的歷史性質種種可能性。包括我自己在內的一些學者對「民國文學」的重視。「民國文學」作為文學史的概念最早是張福貴教授完整論述的，後來又有張中良老師，丁帆老師等等，我們所探索的民國文學史的研究方法，其實都是和這個歷史事實的追尋聯繫在一起的。

范：感覺這種「歷史化」的訴求以及對歷史材料的關注發展到今天似乎已經非常廣泛而深入地嵌入進了中國現代文學和當代文學研究的內部。在您看來，這種研究趨向的興盛依託的核心動力是什麼呢？它和 20 世紀 90 年代以來愈發強烈的「回到歷史現場」的訴求是怎樣一種關係？

〔註 2〕洪子誠：《中國當代文學史》，北京大學出版社，1999 年，第 5 頁。

李：所有這些變化背後最重要的動力，我覺得還是尋找真相。其實文學研究歸根結底就是為了尋找真相。過去為什麼我們覺得真相被掩蓋了，是因為我們很多所謂的研究方法和理論，最後在成熟的過程當中，越來越成為凌駕於文學作品之上的一個固定不變的原則，甚至在一段時間裏邊兒，這種原則與政治正確還聯繫在一起，這裡面當然充滿了人們對「方法」和「理論」的誤解。

所謂「回到歷史現場」，其實是這個大的文化潮流當中的一個具體的組成部分。「歷史化」是當代文學經常願意使用的一個概念，而現代文學呢，則更願意使用「回到歷史現場」的表述。所謂「回到歷史現場」，意思就是說，我們過去的很多解釋是脫離開歷史現場，從概念或者某種理論的方法出發得出的結論。那麼，「回到歷史現場」重要的其實就是破除這些已經固定化的方法對我們的思維構成的影響，重新通過對具體現象的梳理，來揭示我們應該看到的真相。當然這裡邊兒有很多東西可以進一步追問，比如「現場」是不是只有一個？回到這個「現場」是否就是一次性的？……其實只要有方法和外在理論束縛著我們，我們就需要不斷回到歷史現場。歸根結底，這就是我們發揮研究者自身的主體性，用自己的眼光，自己的心靈來感受這個世界的一個強大的理由。

二、「文」與「史」的相異與相通

范：您此前曾談到，「文史不分家」本就是「中華學術的固有傳統」，史學家王東傑教授也曾撰寫《由文入史：從繆鉞先生的學術看文辭修養對現代史學研究的「支持」作用》一文，對中國「文史結合」的學術傳統進行了重申與強調。〔註3〕而新文化史研究興起以後，輕視文學資料的成見亦逐漸在史學界得到改變，不僅文學作品、視覺形象等被發掘為了史料，甚至一些歷史學者亦開始嘗試文學研究的相關課題。請問史學界的這一研究轉向與前面討論的文學研究界的變化是否基於同一歷史背景？兩者的側重點是否有所不同？它們的核心區別在何處？

李：今天文學研究在強調還原歷史，回到歷史情境，並希望通過歷史和文化來解讀文學的現象。同樣的，歷史研究也在尋求突破，也在向文學靠近。特別是在後現代歷史觀的影響下，歷史研究已經從過去的比較抽象、宏大的歷史

〔註3〕參見王東傑：《由文入史：從繆鉞先生的學術看文辭修養對現代史學研究的「支持」作用》，《四川大學學報（哲學社會科學版）》2014年第6期。

敘述轉向微觀史、個人生活史、日常生活史的敘述，而並不僅僅局限於對客觀歷史文獻的重視，當前人的精神生活也被納入進了歷史分析的對象當中。那麼這個時候，歷史研究和文學研究是不是就成了一回事呢？兩者是否最終就交織在一起，不分彼此了呢？

這就涉及到歷史學的「文史對話」和文學的「文史對話」之間微妙的差異問題。在我看來，今天我們強調學科的交叉和融合，固然是一個值得注意的傾向，但是在交叉、融合之後，最終催生的應該是學科內部的進一步演變和發展，而不是所有學科不分彼此，都打通連成了一片。當然，交叉、融合本身可能是推動學科進一步自我深化的一個重要過程或路徑，這就相當於《三國演義》裏面，我們都很熟悉的那句話——「天下大勢，分久必合，合久必分」。我們因為某種思維的發展，需要有合的一面，需要有學科打破界限，相互聯繫的一面；但是，另外一個歷史時期，我們也有因為那種聯合，彼此之間獲得了啟示，又進一步各自深化，出現新一輪的個性化發展的一面，我覺得這兩種趨勢都是存在的。

在這個意義上，我們回頭來看其實會發現，歷史學的「文史對話」實質還是通過調用文學材料，或者說是人主觀精神世界的一些感受來補充純粹史學材料的不足，或者說通過對人的精神現象、情感現象的關注，來達到他重新感受歷史的這樣一個目的。他最終指向的還是歷史。眾所周知，歷史學家陳寅恪是「文史互證」的著名的提出者，在前人錢謙益治學方法的基礎上，陳寅恪先生要做的就是用文學作品來補充古代歷史文獻的欠缺，唐代文獻不足，但是先生卻能夠從接近唐代的宋、金、元的鶯鶯故事中尋覓重要的歷史信息：崔鶯鶯的出生門第，唐代古文運動與元白的關係等等，這是「以文證史」。而文學研究中的「文史對話」走的路徑則正相反，它是通過重塑歷史材料來重建我們對歷史的感覺，重建研究者對歷史的感受，通過重新進入文學背後的歷史空間，我們獲得了再一次感受和體驗文學所要描述的那個世界的重要機會，從中也真正理解了作家的用意與精神狀態。換句話說，他最根本的目標還是指向文學感受的，是「以史證文」。一個是重建「歷史」，一個是重建「文學」，這就是史學的「文史對話」和文學的「文史對話」之間很微妙但又很重要的一個差異。當然，今天由於這兩個學科都在向著對方跨出了一步，所以往往在很多表述方式上，你可以看到他們有一些相通之處，我們彼此之間也可以展開更密切的相互對話。

范：我記得英國歷史學家托馬斯·麥考萊（Thomas Macaulay）曾說，「歷史學，是詩歌和哲學的混合物」〔註4〕；而錢鍾書在《管錐篇》中也有提到：「史家追敘真人真事，每須遙體人情，懸想事勢，設事局中，潛心腔內，忖之度之，以揣以摩，庶幾入情合理，蓋與小說、院本之臆造人物、虛構境地，不盡同而可相通。」〔註5〕他們好像都正好談到了歷史學與文學的某種相通之處，您認同他們的看法嗎？

李：無論是歷史學家托馬斯·麥考萊，還是中國的文學作家、學者錢鍾書，的確都道出了「文學」和「歷史」的相通之處。「歷史」更注意科學和理性，但它也關乎「人」。所以我們可以說它是「詩歌和哲學的混合物」，「詩歌」這個詞就強調了它的主觀性，「哲學」則強調了它理性思考的層面。我想，「文學」和「歷史」最根本的相通還是它們都是對「人」的描述，歷史描繪的中心是人，文學表達的情感中心也是人，所以它們能夠相互連接，相互借鑒，或者說「文學」和「歷史」能夠相互對話。

不過，就像我前面所說的，這兩者的表現形式有很多相通之處，但目的不同。「文史對話」的歷史研究根本上是為了解釋歷史，為了對歷史本身進行描述，而文學的「文史對話」則是要重建我們的心靈。這背後的不同是文學學科和歷史學科的不同。歷史學科歸根結底還是重視一種理性的概括，而文學學科更重視的則是對鮮活生命感受的完整呈現。

三、回到「文學」的「文史對話」

范：從您的表述中我好像能比較明顯地感受到您對於文學研究「自身的根基」問題似乎有著愈加強烈的憂慮感受。在八年前的那篇文章裏，您已在討論「文史對話」的相關議題時談到，史學家「以文學現象來論證歷史」與文學研究者「借助歷史理解文學」其實有很大不同，並強調「跨出文學的邊界，最終是為了回到文學之內」。〔註6〕而在去年發表的《在歷史中發現「文學性」》中，您則更進一步地指出，「我們必須回應來自文化研究和歷史研究的『覆蓋式』衝擊」，重提「文學性」的問題，以避免「文學研究基本自信和價值獨立性的

〔註4〕參見易蘭：《西方史學通史》第5卷，復旦大學出版社，2011年，第68頁。
〔註5〕錢鍾書：《管錐編》第1冊，中華書局，1979年，第166頁。
〔註6〕參見李怡：《文史對話與中國現當代文學研究》，《中國社會科學》2016年第3期。

動搖」。〔註 7〕既然您如此在意「文」與「史」的邊界問題，為何仍會提出「文史對話」這樣一個概念並著力加以強調呢？

李：事實上，我之所以要強調「文史對話」，正是想提出一個更大的可能性以及今天我們的中國現當代文學研究如何獲得自身獨立品格的這樣一個問題。因為無論是 1980 年代的「文化視角」，還是 1990 年代從文藝學學科裏面生發出來的「文化研究」，我覺得都是呈現了來自國外學科發展的一個趨勢，它並不能夠代替我們中國現當代文學對自身文學現象的理解。固然我們可以把很多精力花到文學背後更大的歷史當中去，並且這大概在今天已經成為一個不可逆轉的趨勢。我們看到很多高校的研究生在他們的學位論文裏面，我們甚至看到高校的這些研究生的導師們，這些知名的學者，在他們近幾年的文章裏面，越來越傾向於淡化文學研究，強化文學背後的歷史研究、文化研究的份量。我想，越是在這個時候，新的問題也應該引起我們更自覺的思考——那就是隨著我們越來越重視對歷史和文化的研究，文學研究還有沒有自身獨立性的問題。

正是在這個意義上，我所謂的「文史對話」其實指的是一個更寬泛意義上的認知「文學」的努力，一種與文學學科、歷史學科相互借鑒的方法。我傾向於把它視為一個大的概念，在這個大的概念裏邊兒，1980 年代的「文化視角」，1990 年代的「文化研究」和我們「以史證文」式的文學研究應該是不同的趨勢和路徑。

范：能否請您再詳細談談促使這樣一種學科危機意識在當前變得愈發顯明的原因？

李：其實我們在今天之所以會重新提出「文史對話」的起源及其歷史作用等問題，都是基於對當下學術發展態勢的一個觀察。1990 年代以後，「文學」和「歷史」的這種對話便逐漸構成了我們今天不可改變的一個大的歷史趨勢，其中一個特別引人注目的現象就是越來越多的文學研究者開始介入文學背後歷史現象的討論，而逐漸脫離開了文學研究本身。一個文學的批評者幾乎變成了一個歷史的敘述者，越來越多的文學研究主題演變為了歷史故事的主題。這已經成為我們今天學術研究裏邊兒最值得注意的一個傾向，包括一些研究生的碩士論文，也包括我們經常看到的發表在報刊雜誌上的一些文學研究的論文都是如此，以至於前些年就有學者發出了這樣的憂慮，那就是文學研究本身

〔註 7〕參見李怡：《在歷史中發現「文學性」》，《學術月刊》2023 年第 5 期。

還有沒有它的獨立性？這裡面一個很深刻的問題是，如果文學研究因為走上了「文史對話」的道路就逐漸的與歷史研究混同在一塊兒，或者文學研究已經主要在回答歷史的一些話題，那麼我們的文學研究還有什麼可做的呢？又何必還需要我們「文學」這樣的學科呢？

而且，更重要的是，一個文學研究者的起點，歸根結底其實還是我們對人的精神現象的一種感受。當我們僅僅從這種感受出發，試圖對更豐富的歷史事實做出解釋的時候，這裡是否已經就暴露出了一種先天性的缺陷？例如我們不妨嚴格地反問一下自己：文學研究是否真的能夠替代歷史研究？如果我們的文學批評、文學研究在內容上其實已經在回答越來越多的歷史學的問題，那麼我們就不能不有所反省，這樣以個人感受為基礎的歷史描述是否已經包含了更多的歷史文獻，是否就符合歷史考察的基本邏輯？如果我們缺乏這樣的學術自覺，那就很可能暗含了一系列的學術上的隱患，這其實就是文學所不能承受的「歷史之重」。

今天，我們重提「文史對話」的意義，重新檢討它的來龍去脈，我覺得一個非常重要的傾向，就是通過對學術史的重新梳理來正本清源。我們要進一步地反思我們文學研究自身的目標是什麼。我們和歷史研究可以相互借鑒，在很大意義上，我們在方法、思維上都可以互相借鑒，取長補短，但是我們最終有沒有自己要解決的問題？

范：那文學研究最終需要自己解決的問題在您看來應該是什麼呢？

李：我覺得這個問題是很明確的，那就是解決「人」的精神問題，解決「人」心靈發展的問題，這是一個非常重要的方向。「文史對話」對於「文學」而言應該是關於心靈走向的對話，對於「歷史」而言可能就是關於歷史進程的對話。儘管「心」與「物」或者說「詩」與「史」之間常常互相交織、溝通，但歸根結底，「文史對話」對我們文學研究而言，是為了保持文學研究本身的彈性與活力。有的人就是因為我們過去的學術研究日益走向僵化、固定化，因此提出了文學走出自身，走向歷史的這樣一個過程。但是我想要強調的是，即便我們再頻繁地遠離開了我們的文學，但只要還是文學研究，便最終仍會折回到我們的起點，這也是文學研究所謂的「不忘初心」。

我最近為什麼會提出一個「流動的文學性」概念，也是因為，我們不斷地突破「文」，最後卻遺忘了「文學性」，或者根本的就拋棄了「文學性」。這裡邊兒一個可擔憂的地方在於，我們再也找不到我們文學的研究了。我們離開了文學研究，是否就真的成為了一個歷史學者或者思想史的學者？我覺得事實上也不是那麼簡單。一個真正的歷史學者和思想史的學者，他有他的學科規範，有他的學科基礎、目標和範式，如果我們在歷史學界或者思想史學界對我們來自文學界的學術成果進行一番調研的話，你可能會發現我們很多所謂離開文學的「文史對話」也未必獲得了歷史學界或者思想學界的完全認可。他們同樣會覺得我們不夠規範，或者認為中間存在很多的問題。

這其實就是啟發我們，一個真正的文學研究者即便離開文學，在文學之外去尋找靈感，尋找問題的解答思路，但我們最終都不要忘了，我們是為了解決或者解釋文學的某些獨特現象，才暫時離開了文學。這樣的話，我們的文學研究實際上就是不斷地在其他學科的發展當中汲取靈感，一次次地汲取靈感，並使我們一次次地呈現出不同的文學景觀。隨著我們學術研究的不斷發展，我們獲得的不同文學景觀就呈現為一種流動性，這就是我說的「流動的文學性」。文學性在流動，但是它還是有文學性，並不等於歷史研究，也不等於思想史考察，當然也不是純粹的社會文化問題的研究。我們還是為了研究文學的問題，而不是社會文化問題，這就是這兩者之間的邊界和差異。

范：確實，若無法在「文史對話」的過程中恰當處理「文」與「史」的邊界問題，甚而直接將歷史學或思想史問題的解決視為了文學研究的至高追求，這對於以「感受」為基點的「文學」而言不僅難以承受，還將使文學研究自身的根基變得愈加脆弱。不過，時至今日不論是在文學研究界，還是在歷史研究界，亦出現了許多「文史對話」的有益成果。請問在您看來，有哪些代表性的研究成果能夠作為某種示例供以參照？「文史對話」這一漸趨成熟的研究方法於當前的文學史研究而言還存在哪些尚待發掘的意義與可能性呢？

李：要我對學科發展的未來做詳細的預測，我覺得這是很難的，因為既然是「流動的文學性」，一切都在不同研究者個體的體驗當中，個體體驗越豐富，就越是多元化的、百花齊放的景象。惟其如此，我們的文學研究才能突破固有的、僵死的邊界，走出一個更為廣闊的未來。不過在這裡呢，我很願意推薦我很尊敬的，中國社會科學院文學研究所的研究員劉納老師在 1990 年代後期出版的一本代表作——《嬗變——辛亥革命時期至五四時期的中國文學》。

這本書寫的是晚清到五四前夕這段時期中國文學演變的基本事實，其中最重要的一個特點是，這部分文學史是長期被人忽略的，包括大量的歷史材料都是我們不熟悉的，但劉納老師非常嫻熟地穿梭在這些歷史文獻當中，並清理出了中國文學被遺忘的這一段歷史景觀。與此同時，她整個的著作不是為了重塑純粹客觀的社會歷史，而是在社會歷史的豐富景觀當中呈現了人的心靈史、精神史。所以這本書看似有很多歷史材料，但又保持了一個基本的文學的品格。而且這本著作整體上有一個從歷史材料到最後的精神現象不斷昇華的過程。尤其寫到最後一章的時候，就從更為廣泛的歷史材料的梳理當中，得出了非常深刻的關於人的精神現象以及文學發展特徵的一些結論。可以說，這就完成了從歷史文獻向著人的心靈世界觀察的一種昇華和發展。

我給歷屆的學生其實都推薦了這本書，我覺得這裡邊兒充分體現了一個優秀的中國現代文學研究者如何在歷史文獻和文學感受之間完成這種自如的穿梭，然後把心靈感受的能力，文學解讀的能力和掌握分析解剖豐富材料的能力，很好地結合起來。所以，說到「文史對話」的代表作，我仍然願意提到這本書。

謝　辭

回顧三年來碩士班的生活，承蒙諸位師長與同學們的指點與幫忙，以及家人們的精神支持下，學生才得以在學業上，順利成長，完成生命中的重要里程碑，學生甚是感激。

在我的論文裡，從選題、內容架構、鋪陳文章到撰寫格式，都得到指導教授——李美燕老師的悉心指導，才使得我原本粗略的構思，得以完整的呈現。感謝李老師花費無數的心力，教導學生如何架構與修改文章，又極盡全力地幫忙學生尋找相關的資料，且提供多方的機會，引領我接觸更多相關的訊息。這種機緣相當難得，學生將永懷著感恩惜福的心，由衷地感謝老師的精心安排。此外，老師治學嚴謹與細心周詳研究學問的態度與方法，亦是我感受極深的。凡此點點滴滴，讓人印象深刻。

另外，亦感謝音樂系馬定一老師，以及徐信義老師的指教與提點。由於馬老師對於學生音樂部份的不吝指教，不僅讓學生論文裡的章節與內容，更為細緻與嚴謹，尚且，也拓展了學生自身對於音樂方面的本有限制，以補足原有的缺失。而徐老師的提點與深入剖析，恰點出了學生論文中，容易忽略的地方，於大處開啟方向，於小處精益求精，無不講求細膩謹慎的作學問功夫。

因此，學生論文的成果，實得力於三位老師們的用心提點，誠心地感謝師長們的指教。而己身亦期待在治學上，能以此為基礎，更為精進。

目次

第一章　緒　論

第一節　研究動機與目的

近代中國音樂史上，趙元任先生（A.D.1892～A.D.1982）是首位結合西洋音樂與中國白話新詩的先驅者。他平日涉獵極廣，舉凡物理學、數學、心理學、語言學、音韻學、哲學或音樂等學科，都有接觸。關於音樂的部分，趙先生從小就喜歡音樂，在美讀書期間，時常參加各種的音樂活動，於康納爾與哈佛讀書時，曾修習音樂的課程，撰寫了數篇的音樂論文與音樂創作。尚且，民國初期，他在國內的時間，恰是五四運動擴大影響的那幾年，因此，「五四運動」之後，國內所推動的白話文運動、新文體的創建、新思想的吸收，以及社會的改革，便在他的藝術歌曲作品中有所反映。

關於「五四運動」一詞，根據周策縱先生於《五四運動史》提出：「五四運動是一個複雜現象。它包括了新思潮、文學革命、學生運動、工商界的罷市罷工，抵制日貨運動，以及新知識分子所提倡的各種政治和社會改革。這一連串的活動都是由下列兩個因素激發出來的：一方面是二十一條要求和山東決議案所燃起的愛國熱情；另一方面是知識分子的提倡學習西洋文明，並希望能依科學和民主來對中國傳統重新估價，以建設一個新中國。」〔註1〕，此段顯示出中國人由較為封閉的思想，開始自覺地向西方引進新思想、新學說與新文化。尤其，自「五四運動」後，文學中白話文的推行與新文體的創建，成為當

〔註1〕參見周策縱著：《五四運動史》，（台北：龍田出版社，1984年10月），頁5～頁6。

時的主流。新詩也隨著白話文運動的推行而開始盛興，不限字數，不限押韻，試圖衝破舊形式，創造出新一代的白話新體詩，有別於傳統中國的近體詩。因此，新詩的興盛，其實正象徵著一種解放精神的開拓。

關於提倡白話新體詩的先驅們，如胡適、劉半農、劉大白、徐志摩等人，皆創作了為數不少的新詩，可視為當時詩體創作的主流人物。趙先生大膽選取他們的作品，再自行譜曲創作，學問淵博，尤以語言學的造詣最深，將聲韻與詞曲相為結合，作為創作歌曲的基礎，於一九二八年出版《新詩歌集》，集結成〈教我如何不想他〉、〈海韻〉等十四首作品，堪稱為我國第一本藝術歌曲集。他的特色在於，不論是選詞用韻、語韻與曲調的配合，多有過人之處。再加上他身處於五四運動的環境下，運用當時詩人的創作來譜曲，曲子的內容複雜，風格多變，既不受學院派的拘束，也有多項的自創技法，頗能展現個人的特色，正是支持「五四」新文學運動的一種自我表態，亦可稱為「五四時期」作曲音樂家的代表人物。因此，趙先生既有語言學之根柢，又有音樂的長才，於近代的中國音樂史上，結合了新詩與西洋音樂作品的創作，可謂開創了近現代中國音樂的先河。筆者有鑒於趙先生在音樂方面，成就不斐，影響力深遠，故而以此為題，採用趙先生的音樂理論與實踐作品來深入探討。上述即為本論文的研究動機。

本論文的研究目的，分為下列數點說明：

第一，透過趙先生音樂理論的主張，配合他的《新詩歌集》音樂創作，探討音樂與文學的獨立性與藝術性，究竟為何。再將二項藝術相互作結合，由音樂與詩歌本有的「互通消息」、「交相為用」藝術共通性等特質，來了解音樂與文學的共鳴點所在。

第二，關於趙先生音樂理論與音樂創作的思想內涵與藝術技巧，經筆者分析歸納，以凸顯他的音樂作品在文學中，抑或文學作品在音樂中的重要地位。

第三，探討趙先生對於樂曲技法和理念等見解，並以實際創作來印證個人處理創作樂曲的技巧及方法。

第四，試從語言學的觀點來看中國的詩歌吟唱，來研究趙先生對於中國古代吟唱藝術的傳承與運用。

第五，試從〈秋鐘〉、〈瓶花〉、〈也是微雲〉與〈上山〉等四首樂曲的實踐，以印證趙先生詩歌與音樂結合理論的見解與貢獻。

第二節　研究範圍與步驟

趙先生大學時主修數學，又修習哲學、語言學、音韻學；曾擔任物理學、數學、心理學、哲學講師。因此，涉獵了各類書籍，學問淵博。另外，趙先生在美讀書期間，時常參加各種的音樂活動，以及修習一些與音樂相關的課程，並撰寫數篇的音樂論文與音樂創作。關於他的生平介紹，可由趙先生所著的《早年自傳趙元任》，趙妻楊步偉女士所著的《雜記趙家》，與《一個女人的自傳》等書籍，趙如蘭女士〔註2〕〈我父親的音樂生活（代序）〉，以及近年各項期刊所刊載的零星文章〔註3〕觀得，趙先生平日的居家生活，交友情況，參與

〔註 2〕為趙元任先生之女，曾獲哈佛大學音樂學博士，為國際知名學者，現任哈佛大學教授，講授民族音樂學。

〔註 3〕依時間近到遠的順序排列，包括黃艾仁著：〈終生不渝不解緣——胡適與趙元任的交誼〉，（台北：傳記文學，82卷5期，2003年5月），頁82～頁96；
趙如蘭著：〈我父親的音樂生活〉，（台北：表演藝術，15卷，1994年1月），頁72～頁77；
江澄格著：〈語言學家的故事——趙元任傳奇〉，（台北：中外雜誌，55卷1期，1994年1月），頁71～頁75；
卓清芬著：〈趙元任的童年〉，（台北：講義，11卷5期，1992年8月）；
李遠榮著：〈風華才子趙元任〉，（台北：中外雜誌，47卷5期，1990年5月），頁17～頁21；
丁邦新著：〈漢語語言學之父——趙元任先生〉，（台北：中國語文通訊，1期，1989年3月），頁19～頁22；
周語著：〈趙元任與劉半農〉，（台北：夏聲月刊，226期，1983年9月），頁13～頁14；
橋本萬太郎作、黃得時譯：〈回憶語言學大師趙元任先生〉，（台北：傳記文學，43卷2期，1983年8月），頁105～頁107；
周法高釋注：〈錢玄同給趙元任的信〉，（台北：書和人，465期，1983年4月16日），頁1～頁8；
湯晏著：〈語言學大師趙元任及其著作〉，（台北：傳記文學，41卷2期，1982年），頁104～頁106；
關志昌著〈趙元任小傳（1892～1982）〉，（台北：傳記文學，40卷6期，1982年6月），頁33～頁35；
楊聯陞著：〈關於蕭公權、葉公超、趙元任三位老師〉，（台北：傳記文學，40卷6期，1982年6月），頁26～頁27；
胡光麃著：〈悼念趙元任同學〉，（台北：傳記文學，40卷5期，1982年5月），頁17～頁19；
趙元任原著、張源譯：〈趙元任早年自傳：〈雜記趙家〉第二卷（1～6）〉，（台北：傳記文學，40卷5期～41卷4期，1982年5月～10月），頁10～16；
李壬癸著：〈趙元任、胡適、劉半農〉，（台北：書和人，438期，1982年4月），頁1～頁8；

活動，以及學術上的治學態度等。

再來，關於趙先生的音樂理論，趙如蘭女士將他的音樂論文，集結成《趙元任音樂論文集》，內含趙先生的十五篇音樂論文，又附錄趙琴訪談的文章與吟詩譜。至於趙先生的音樂創作，主要包含如下：《新詩歌集》，由大陸商務印書館於一九二八年印刷初版，爾後，一九五九年又於台北印製增訂版，增加了一些注釋；一九四四年，大陸商務印書館出版《兒童節歌曲集》；抗戰期間，趙先生曾撰寫過不少抗戰歌曲，印成集子，但作品的出版地與出版年，已無法詳知；其他零碎的曲子出版或演唱曲，則尚未將之集結成集子〔註 4〕。依前述四項的樂曲來看，為數共有一百三十二首曲目，舉凡創作歌曲八十三首，編配合唱曲二十四首，為民歌曲配了十九首伴奏曲，創作器樂小品六首等，由此觀之，樂曲形式不侷一隅。作品中，他自己所作的詞則有十六首，〈鳳陽花鼓〉為英文詞，〈有個彎腰駝背的人〉與〈鮮花〉二曲則為翻譯他人的創作。總之，趙先生的作品數量可觀，實不遜於當時的專業音樂人。況且，樂曲內容繁多，包含兒童教育、民眾教育、愛國運動、學校社會，以及運動會歌等各類的傳世之作。趙女士便把這一百三十二首樂曲，集結編成《趙元任音樂作品全集》出版。

筆者今研究以趙先生文學與音樂的相關作品，作為素材。以趙如蘭女士所收錄的《趙元任音樂論文集》為理論依據，文本包含〈我父親的音樂生活（代序）〉，〈中國語言裡的聲調、語調、唱讀、吟詩、韻白、依聲調作曲和不依聲調作曲〉，〈中國音韻裡的規範問題〉，〈歌詞中的國音〉，〈常州吟詩的十七例〉，

楊時逢著：〈回憶往事紀念趙元任院士〉，（台北：書和人，439 期，1982 年 4 月），頁 3～頁 5；
毛子水著：〈回憶趙元任先生一二事〉，（台北：傳記文學，40 卷 4 期，1982 年 4 月），頁 17；
楊時逢著：〈追思姑父——趙元任先生〉，（台北：傳記文學，40 卷 4 期，1982 年 4 月），頁 18～頁 24；
程靖宇著：〈悼趙元任憶楊步偉〉，（台北：大成，101 期，1982 年 4 月），頁 28～頁 29；
張繼高著：〈將軍已死圓圓老——悼念趙元任先生〉，（台北：音樂與音響，106 期，1982 年 4 月），頁 48～頁 50；
趙如蘭著：〈趙元任先生的最後一年〉，（台北：傳記文學，40 卷 4 期，1982 年 4 月），頁 7；
胡光麃著：〈與趙元任胡適之兩同學往來的信〉，（台北：傳記文學，27 卷 1 期，1975 年 7 月），頁 31～頁 35。

〔註 4〕參見趙如蘭編：《趙元任音樂論文集．訪談趙元任兼談詞曲的配合》，（北京：中國文聯出版社，1994 年），頁 147。

〈用中文唱歌〉,〈關於我的歌曲集和配曲問題〉,〈討論作歌的兩封公開的信〉,〈中國派和聲的幾個小試驗〉,〈寫給朋友們的綠皮信〉,〈黃自的音樂〉,〈說時·音樂時〉,〈《新詩歌集》的文字部分〉等單篇論文。

再者，由於趙先生於他的音樂論文中，談及不少與音樂相關的專門術語，筆者為了將他所用的音樂術語，與目前的音樂名詞達成一致性，故而採用國立編譯館所編訂的《音樂名詞》〔註5〕一書為藍本，針對趙先生所使用的音樂術語，作中英文的對照。

再來，又以趙先生《新詩歌集》歌詞中的新詩，作為當時文人文學創作的例證（第四章論及胡適〈也是微雲〉新詩，與第五章論及胡適〈上山〉新詩時，則參酌他的新詩理論〈談新詩——八年來一件大事〉一文）。且用趙先生《新詩歌集》十四首歌中的〈秋鐘〉、〈瓶花〉、〈也是微雲〉、〈上山〉等藝術歌曲，於論文中穿插舉證，作為理論與創作的結合依據。

其中，第二章的部分，採用〈說時·音樂時〉一文，以梳理趙先生的自創新詩——〈秋鐘〉，與其〈秋鐘〉樂曲的技法與理念。

其次，第三章運用趙先生的〈瓶花〉曲（前部為近人所編寫的吟唱調子，後部為他個人所編寫的樂曲創作），以及范成大的〈春來風雨無一日好晴因賦瓶花〉二絕詩其一，與胡適〈瓶花〉新詩等二首所組成的歌詞，來探討中國詩歌吟唱的觀點所在，並從中探究趙先生對於中國古代吟唱藝術的傳承與運用。

再其次，第四章運用趙先生的〈也是微雲〉曲，以及胡適的〈也是微雲〉新詩，來談趙先生個人對於新詩與樂曲的相關性與缺失處，亦從胡先生的新詩創作理論，來探討〈也是微雲〉詩作的實踐性。

最後，第五章則以趙先生的〈上山〉曲，以及胡適的新詩創作——〈上山〉，作為本章的研究內容。其中，先從新詩創作的時代背景與內容形式來著筆，再來研究趙先生編曲〈上山〉的特色，並以此彰顯詩歌內容與樂音結合後的特殊意涵與時代意義，並了解藝術歌曲創作手法的特徵何在。

儘管《趙元任音樂論文集》的內容，主要關於音樂。但事實上，仍有為數不少與語言學相關的內容於其中〔註6〕。筆者僅依文所需，採用與研究目的之

〔註5〕參見國立編譯館編訂:《音樂名詞》,（台北：桂冠圖書有限公司，1994年12月初版）。

〔註6〕有〈中國語言裡的聲調、語調、唱讀、吟詩、韻白、依聲調作曲和不依聲調作曲〉,〈中國音韻裡的規範問題〉,〈歌詞中的國音〉與〈常州吟詩的十七例〉等篇。至於趙先生的語言學相關著作，包括《中國話的語法》與《語言問題》等。

議題相關的音樂論述為理論根據，較少涉及到純粹的方言語言學問題。況且，歌詞的讀音上，依據《新詩歌集．《新詩歌集》文字部分．歌詞讀音》所言，本是採用較為守舊的北京音腔作為讀音（除〈瓶花〉曲，採用常州吟詩的樂調外）。尤其，論文中的歌詞語調與聲調，本以此作為讀音的依據〔註7〕。因此，《趙元任音樂論文集》的理論材料，對於牽涉方言的規範研究部分，便不予探討。

第三節　文獻探討與預期貢獻

關於趙先生一生的學術著作，李壬癸先生曾將趙先生的作品依據「Aspects of Chinese Sociolinguistics：Essays by Yuen Ren Chao」一書中 Anwar S.Dol 所編的目錄，整理修訂成〈趙元任先生著作目錄〉〔註8〕，其中記載一九一五年至一九八二年，即六十七年來，趙先生在語言學、物理學、生物學、音樂學、化學等方面的學術著作。因此，由目錄可以見得，趙先生幾乎每年都有著作產生，產量豐富，不限學科，可謂是博學多產的學者，對於推進我國學術文化的發展，貢獻不斐。大陸商務印書館有鑑於趙先生的著作豐碩，為紀念趙先生的學術成果，於近年向各方集結收錄趙先生的各項著作，逐年出版編成一套二十卷的《趙元任全集》，以發揚趙先生的治學精神與學術思想，供世人與研究者參閱。因此，《趙元任全集》的出版，對於推進近現代中國學術的文化發展，意義實為重大。

關於趙先生學術思想的研究，蘇金智著、戴逸主編有《趙元任學術思想評傳》〔註9〕一書。全書分為四章，第三章主要探討音樂的部分，內容提及趙先生為中國現代音樂的先驅，他將新詩配以新音樂，讓音樂作品呈現出全新的風貌。另外，又從趙先生的音樂創作，及他在現代音樂史中的地位等方面來談，尤其語言研究的結果與音樂創作的巧妙結合，更讓中國音樂推向一嶄新的階段。最後，論及趙先生的音樂創作理論研究，便從《趙元任音樂作品全集》入手，闡釋全集中各篇的精華所在。

〔註 7〕參見趙如蘭編：《趙元任音樂論文集》，〈新詩歌集．歌詞讀音〉，頁 124。

〔註 8〕參見李壬癸編：〈趙元任先生著作目錄〉，（台北：中央研究院歷史語言研究所集刊，53 卷 4 期，1982 年 12 月），頁 795～頁 809。

〔註 9〕參見蘇金智著、戴逸主編：《趙元任學術思想評傳》，（北京：北京圖書館出版社，1999 年）。

再來，前人所研究趙先生文學與音樂的論文，為數不多。其中，已故賴錦松先生《中國藝術歌曲創作手法研究——析論三位已故中國作曲家藝術歌曲》〔註10〕，先由趙先生的生平背景、學習歷程與創作觀點等方面來研究，再從作曲家的代表性作品，檢討作曲家音樂語言的表達和思維方式來作說明，又從音樂的創作心理、技術及美學原理等各角度，進而探析中國藝術歌曲在創作上有著「知性」與「感性」的特徵。

賴先生的論文內容，主要從兩部分來研究，文學上，是從歌詞的風格、叶韻、詞性與詞意大要，作為論文論述的主要重點；音樂上，則從字團處理、語彙設計、曲調分析、和聲與伴奏分析，以及作曲技術評析等方面來談。筆者以為，文學的詩詞剖析，較為簡要，其實，新詩中不僅止於從歌詞的風格、叶韻、詞性與詞意大要來談，尚可在句型結構，語調聲調，吟誦時的輕重緩急與強度音高等方面來探究，故而文學上的研究，尚有積極發展的空間。再者，亦可參酌新詩創作者的新詩理論，來輔助剖析新詩的歌詞形式與內容等各項見解，從中尋得原創者的理論與實踐。如此，便有助於對歌詞中的新詩分析，更為精進有力。另外，樂曲的音樂分析上，因論文中本於中國藝術歌曲的音樂創作手法為主要議題，故而寫來較文學層次的剖析，更為精闢透理。因此，賴先生對於中國藝術歌曲創作手法音樂上的研究貢獻，仍有著顯著的推波助瀾之力。

另外，台灣與大陸地區亦有單篇的發表文章，談論趙先生創作的藝術歌曲。其中，台灣的趙琴女士有四篇論文論及趙先生的文章。第一，〈趙元任作品中的民族風格特質和創作技法〉〔註11〕，談及民族風格的探索經驗；民族音樂要素的運用（運用上，包含民間音樂因素、戲曲音樂因素、吟詩腔調因素）；歌曲創作中的寫作技法特點（內容包含三項：一為中國文化的和聲探索，二為通譜曲式結構，三為字句描繪手法等）。

第二，〈中國藝術歌曲的先行者——趙元任對聲樂創作中詞曲結合的原則與特質〉〔註12〕，此文說道藝術歌曲中的詞曲關係，與詞曲結合的原則。再從中國語言在聲調、音韻上的特點出發，訂定歌調的高揚起降範圍。且運用「依

〔註10〕參見賴錦松著：《中國藝術歌曲創作手法研究——析論三位已故中國作曲家藝術歌曲》，國立台灣師範大學，音樂研究所碩士論文，1990年。

〔註11〕參見趙琴著：〈趙元任作品中的民族風格特質和創作技法〉，（台北：音樂月刊，181期，1997年10月），頁116～頁119。

〔註12〕參見趙琴著：〈中國藝術歌曲的先行者——趙元任對聲樂創作中詞曲結合的原則與特質〉，（台北：音樂月刊，180期，1997年9月），頁108～頁111。

字潤腔」的方法，精心處理詞曲關係。又將歌曲的旋律在吟詩調的語言聲調和節奏的基礎上，擴大、伸展並強調出來。尚且，以說唱韻味、戲曲風的曲調，結合相得益彰的詞句。並又注意到音樂的節奏與歌詞的節奏，應相互協調。最後，歸納趙先生詞曲結合上的五項特點來作說明，一為以大膽的創新精神，選擇風格、題材新穎的新詩歌詞譜曲；二為嚴謹選擇富音樂性的好詩譜曲；三為深刻地了解民族語言的聲調，節奏與音樂民族風格的關聯，並將之確實運用於創作中；四為在詞曲結合的原則中，重視音樂形象的塑造；五為重視歌曲演唱時的讀音與唱法。

第三，〈中國藝術歌曲的先行者——趙元任和他的歌曲創作〉〔註13〕，最先從藝術歌曲的起源來談，再從中國二〇、三〇年代的藝術創作歌曲作歸類整理，爾後，便從趙先生的生平與音樂曲譜，依時間順序論述，堪稱為近代音樂創作技巧和中國民族風格相結合的藝術歌曲。第四，〈訪談趙元任兼談詞曲的配合〉〔註14〕，此文為趙琴女士於美國中西部明尼蘇達大學，向趙先生所進行的訪談內容。文中的形式為對話式的記載，其中的內容主要如下，第一，趙先生選取新詩作為樂曲編寫材料的原則；第二，歌詞與樂曲的配合；第三，語言學與音樂的相關處。

上述趙琴女士的四篇文章，主要從趙先生詩與樂的配曲理論觀點來著墨。但對於樂曲的實際寫作方式，則尚未與理論相為佐證。筆者以為，若能再從樂曲的實際譜例，以及樂曲中的新詩歌詞來多加探討，尚可發掘出趙先生音樂成就上的特殊價值與意義所在。

至於趙如蘭女士，除了集合趙先生的音樂作品，編有《趙元任音樂論文集》與《趙元任音樂作品全集》外，另有〈趙元任作品賞析〉〔註15〕一文，暢談她父親的音樂創作。她先從趙先生的音樂創作背景來談，再根據年代先後，介紹數首趙先生的音樂作品，略述其中的特色與背景。從中可以見得，趙女士對於父親音樂創作的手法與技巧，非常熟稔，由此尚能窺得詩與樂的精髓所在。

另外，一九九四年適逢趙先生一〇二歲誕辰，一群音樂家與學者們，有感

〔註13〕參見趙琴著：〈中國藝術歌曲的先行者——趙元任和他的歌曲創作〉，（台北：音樂月刊，179期，1997年8月），頁107～頁109。

〔註14〕參見趙如蘭編：《趙元任音樂論文集．訪談趙元任兼談詞曲的配合》，附錄，頁145～頁150。

〔註15〕參見趙如蘭著：〈趙元任作品賞析〉，（台北：今日生活，252期，1987年9月），頁29～頁32。

於趙先生的近現代音樂創作成就不斐，在行政院文化建設委員會的支持下，特舉辦一系列的紀念活動，以音樂會及學術研討會的方式，討論趙先生在樂曲創作上的成就，會後且將學者的數篇論文，集結成《趙元任紀念專刊》〔註 16〕，其中重要論文涵括：韓國鐄著〈趙元任在中國音樂史上的地位〉，張己任著〈趙元任的音樂與「五四」運動〉，金慶雲著〈趙元任的聲樂作品〉，馬水龍、唐鎮、黃瑩、黃輔棠、趙琴、席慕德著〈從趙元任的作品談詞曲意境的表現〉等人的作品。最後另附趙元任年表，供讀者閱讀。

專刊內涵，不乏從中國音樂史上的地位，以及當時的五四運動為趙先生的音樂作品所帶來的影響，多所論述。並從聲樂作品的文字解析，以及趙先生音樂作品的詞曲意境等不同角度來著筆，故而文章頗為精湛有力。但這類論文的研究，僅限於與會學者的發表，會後的其他研究者卻鮮少再以趙先生的藝術歌曲為題來研究之。

直到二十一世紀後，關於趙先生的藝術歌曲，才逐漸為研究者所重視，不同於以往的是，研究者不再只從趙先生的音樂理論來著筆分析，尚加入自身的樂曲創作來作剖析，如此將利於證明，趙先生對於詩樂結合的重要觀點。如：吾師李美燕，與黃揚婷合著的〈趙元任結合詩樂創作的理念與實踐——以〈教我如何不想他〉為例〉〔註 17〕，馬瓊著〈詩意盎然、聲情並茂——趙元任歌曲《教我如何不想他》賞析〉〔註 18〕，張荷著〈一首久唱不衰的歌：《教我如何不想他》〉〔註 19〕，吳惠敏著〈歌唱要唱「神」——談《教我如何不想他》和《你那顆冰冷的心呀》的演繹〉〔註 20〕等四篇論文即是，但此四篇多集中在趙先生的名曲《新詩歌集・教我如何不想他》來闡述，對於其他《新詩歌集》的樂曲，尚未有人研究。

〔註 16〕參見劉塞雲等箸：《趙元任紀念專刊》，（台北：行政院文化建設委員會，1996 年）。

〔註 17〕參見李美燕、黃揚婷著：〈趙元任結合詩樂創作的理念與實踐——以〈教我如何不想他〉為例〉，（台北：國立台灣藝術大學，1 卷 1 期（總 76 期），2005 年 6 月），頁 71～頁 84。

〔註 18〕參見馬瓊著：〈詩意盎然、聲情並茂——趙元任歌曲《教我如何不想他》賞析〉，（江蘇：無錫教育學院學報，20 卷 4 期，2000 年 12 月），頁 71～頁 72。

〔註 19〕參見張荷著：〈一首久唱不衰的歌：《教我如何不想他》〉，（江蘇：江蘇教育學院學報（社會科學版），1994 年 3 期），頁 72～頁 74。

〔註 20〕參見吳惠敏著：〈歌唱要唱「神」——談《教我如何不想他》和《你那顆冰冷的心呀》的演繹〉，（廣東廣州：星海音樂學院學報，3 期，2003 年 9 月），頁 103～頁 105。

因此，筆者有鑑於此，於本論文中將歌集裡的〈秋鐘〉、〈瓶花〉、〈也是微雲〉、〈上山〉等代表作，特提出討論。第一，〈秋鐘〉裡的曲與詞，為《新詩歌集》中趙先生唯一創作詞與曲的一首。再者，又配合〈說時・音樂時〉中，音樂的基礎樂理和概念，以及處理樂曲的技巧及方法，將更易探討趙先生自身在音樂與文學上，所關注的焦點，究竟何在。

第二，〈瓶花〉曲中的音樂與文學，較《新詩歌集》他首樂曲的結構組成，頗為不同。它的前部為范成大的七絕詩，音樂隨吟唱調子而作伴奏，主要作為詩歌意境的引導與詩境的陪襯；後部為胡適的新詩，音樂上則運用了西洋音樂的曲式來創作。這種一曲之中，兼採傳統中國吟唱與現代西洋風格的藝術歌曲，甚為獨特，但此種風格殊異的編排，卻不因特色的懸殊，便而盡失精華，終究仍保有古典吟唱與現代聲樂曲的特色。因此，此曲七絕詩與西洋曲式同時並存的情形，既為他曲所無，筆者即取之為例，探索其中文學與音樂的特點。其中，趙元任對中國傳統詩歌吟唱的傳承與運用，尤為研究的重點所在。

第三，〈也是微雲〉曲中的新詩，既為當時胡先生所提倡的白話新文學的代表作之一，又是他白話新文學理論的實踐，因此，文學上的意義，實具有時代性與歷史性。音樂上，趙先生是採取中國傳統的吟唱方式與中國樂調，兼用西方的和聲伴奏來譜曲。讓文學與音樂的結合，充滿著創新與多變的時代新精神，尤其新詩新文體已能擺脫束縛，音樂中的詩樂亦能開闢出一條蹊徑來，以此探討音樂與文學的共鳴點，又將各自的獨特性予以發揮，便更能體現出音樂與文學結合後，所獨具的音韻與樣貌。

第四，〈上山〉曲的歌詞，是胡適的〈上山〉新詩。新詩描述一位登山者勇往直前，迎向朝陽的形象，恰呈現出當時的民主革命之士，面臨時代環境的劇變，所蘊含的澎湃思潮與積極精神。因此，它的詩境可說是富含著深刻的歷史意義。而〈上山〉曲的音樂富於變化，且情感活潑，是融鑄豐富藝術特徵的樂曲。

筆者以為，趙先生〈上山〉的創作，實與當時文化改革運動的時代背景相關，故而本章即針對新詩的時代背景，新詩的形式與內容，以及〈上山〉曲的藝術表現中，對於新詩原作與音樂歌詞的關係，新詩意境與音樂調性的關聯，新詩情感與樂曲節律的搭配，以及字音平仄與音高音長的安排等議題，來探討趙先生藝術歌曲的創作手法與特點所在。

此外，關於音樂與文學的理論著作，筆者參考有二。第一，羅小平的《音樂與文學》，談到音樂與文學的聯結點中，是以聲音、時間與再創造等方式，將兩種藝術所存在的物質載體，存在的框架，以及審美價值的關鍵，提出討論。再者，音樂的文學性中，談到敘述性、戲劇性與典型性等特徵；文學的音樂性，則談到語音的和諧，音調的抑揚與節奏美等。

第二，徐姍娜《簡論文學和音樂的關係》碩士論文，內容提及，文學與音樂是兩種不同的藝術類別，但卻有著密切的關係。自古而今，兩者相互影響，對藝術的進步起了極大的作用，本文首先從文學與音樂的同源性入手，論證文學與音樂的關係，進而探討文學作品的音樂性問題。最後，再論述文學對音樂的結構和技巧，由此從各層面對文學與音樂的關係，作一整體的把握。

基於上述所言，本論文的第二、第三、第四與第五章，以《趙元任音樂論文集》作為理論基礎，第二、第三、第四與第五章又分別以〈秋鐘〉、〈瓶花〉、〈也是微雲〉、〈上山〉為代表作，深入探究，且參酌各項文獻，以此提出討論而分析之。

第二章　從〈說時・音樂時〉論趙元任樂曲的技法與理論——以《新詩歌集・秋鐘》為例

第一節　前言

近代中國音樂史上，趙元任先生結合了新詩與西洋樂曲的創作，開創了近代中國音樂的先河。他語言學方面的造詣頗深，能切入聲韻與詞曲的結合，作為創作歌曲的基礎，因此不論是選詞用韻、語韻與曲調的配合，多有過人之處。再加上他身處於五四運動的環境下，運用當時詩人的創作來譜曲，曲子的內容複雜，風格多變，既不受學院派的拘束，也有多項的自創技法，頗能展現獨有的特色，堪稱為「五四時期」作曲音樂家的代表人物。

本章篇首擬先從趙先生的生平概況，及他的音樂理論與創作的背景來著筆。再從〈說時・音樂時〉一文入手，參酌由他作詞作曲的音樂作品——〈秋鐘〉，以探討「比較時」、「實奏時」及「表意時」中，西洋音樂的基礎樂理和概念，以及處理樂曲的技巧與方法。由於趙先生這種西方樂論的觀點，實為當時的中國音樂所未見。因此，他的音樂理論與實踐，對於演奏者或欣賞者而言，無非提供了一項賞樂及習樂的重要規範。筆者即以上述的重點為素材，作為本章主要研究的論題。

第二節　作者的生平概況與寫作背景

一、作者的生平概況

趙元任（A.D.1892～A.D.1982），字宜重，原籍江蘇省武進縣（今屬常州市），從小接受傳統的中國教育，一九〇七年入南京高等學堂預科，並考取北京的清華學校。一九一〇年為我國第二批庚子賠款留學美國官費生，到康納爾大學主修數學。一九一四年畢業後，便到哈佛大學修習哲學，於一九一八年取得博士學位。一九二〇年回國任教期間，在清華學校擔任物理學、數學、心理學講師，並與楊步偉女士結婚，亦曾為英國著名哲學家羅素擔任翻譯。婚後再度赴美，在哈佛大學專攻語言學、音韻學等，並擔任該校哲學系講師。一九二五年歸國後，被聘任為清華大學國學研究院的國學導師兼哲學系教授，並正式擔任有關語言、音韻等方面的教學。一九二九年擔任中央研究院歷史語言研究所語言組主任，並進一步系統地研究中國的語言和方言。一九三八年後出國，先後在夏威夷大學、耶魯大學、加州大學及柏克萊分校任教。一九八二年二月二十四日則病逝於美國〔註1〕。

趙先生從小對音樂有興趣，在美讀書期間，他時常參加各種音樂活動，如：聽交響樂的演奏，領導由中國學生組織的合唱團，參與歌劇《阿依達》的演出等。甚至，為購買音樂節目的入場券，犧牲睡眠，從午夜排隊到天明，亦在所不惜。在康納爾與哈佛讀書期間，也選修了正規的和聲、對位與作曲，聲樂及鋼琴課，至此，為日後的音樂創作，奠下了重要的基礎。並且，他愛好西方的古典音樂，常彈奏巴赫、海頓、莫札特、貝多芬、蕭邦及舒伯特等人的鋼琴作品；喜愛古典和浪漫時期的管絃作品，華格納和威爾地的歌劇，以及近代的斯特拉文斯基和普羅科菲耶夫的創作。此外，一九二五年曾在清華大學教授過西洋音樂欣賞，一九三八年在夏威夷教過中國音樂課程，然而這些教授的活動，絕大多數是非專業性的〔註2〕。

值得一提者是，趙先生於大學時代開始作曲，也拿中國傳統的曲調來配置和聲與編寫鋼琴伴奏。至於音樂創作的活動，主要集中在二十世紀二〇年代回國後，由於身邊的友人與同學，如：劉復、胡適、徐志摩等多半嘗試寫新詩，

〔註1〕參見汪毓和著：《中國近現代音樂史》，（北京：人民音樂出版社，華東出版社，2002年10月三版），頁121～頁122。

〔註2〕參見趙如蘭編：《趙元任音樂論文集》，〈我父親的音樂生活〉，頁2～頁3。

趙先生便嘗試把這些新詩配上音樂〔註 3〕，終於在一九二八年出版《新詩歌集》，包含〈教我如何不想他〉、〈海韻〉等十四首作品，堪稱為我國第一本藝術歌曲集。蕭友梅先生曾說，趙先生「雖然不是向來專門研究音樂的，但是他有音樂的天才，精細的頭腦，微妙的聽覺。他能夠以研究物理學，語言學的餘暇，做出這本 Schbert（舒伯特）〔註 4〕派的藝術歌出來，替我國音樂界開一個新紀元。」〔註 5〕，而賀綠汀也說：「在我國，運用近代音樂創作技巧，與我國民族風格相結合，創作出成熟的藝術歌曲，趙元任先生應該算是最早的。」〔註 6〕

爾後，在趙如蘭女士的集錄之下，於一九八七年出版《趙元任音樂作品全集》，其中共有一百三十二首作品，作品內容五花八門，風格也未必一致，從較簡單的兒歌到複雜的合唱都有，不受學院派的拘束，有許多自創的技法，頗能展現他個人的情感與趣味。而從早期的《新詩歌集》來看，這本歌集的藝術性強，技巧也不薄弱，再配合當時詩人的歌詞意境，不論從他的音樂來看，抑或是文學來看，都有值得深入探討的價值，尤其是後期作品的作曲技巧則更為成熟。

由上述可知，不論是趙先生對於音樂活動的參與，或音樂課程的修習及教授，他對音樂如癡如狂的程度，可說是展露無遺。尤其是他日後的創作歌曲中，更結合了深厚的語言學基礎與不斐的音樂造詣，實為其他音樂創作者所不及，此亦恰為趙先生音樂創作之獨特所在。整體而論，作品中反映出趙先生在「五四」精神的影響下，有著對國家社會的使命感，以及喜愛民間因素的鄉土情和赤子之心。因此，曲子中所展現的風格特色，恰與他所身處的「五四」運動時代，新舊交替之時，所顯出的特性和精神相吻合。

二、〈說時・音樂時〉的寫作背景

而趙先生早在攻讀哈佛期間，即已開始嘗試作曲，第一首鋼琴小品創作

〔註 3〕參見趙如蘭編：《趙元任音樂論文集》，〈中國音韻裡的規範問題〉，「我不寫文言詩，也不寫白話詩，所以在音樂方面，一向只作曲，不作詞。」，頁 14。

〔註 4〕參見國立編譯館編訂：《音樂名詞》，蕭友梅稱「舒伯特」作「Schbert」，而《音樂名詞・人名篇》所載的「舒伯特，奧國作曲家」則作「Schubert,Franz（1797～1828）」，頁 157。

〔註 5〕參見陳聆群、齊毓怡、戴彭海編：《蕭友梅音樂文集・介紹趙元任先生的《新詩歌集》》，（上海：上海音樂出版社，1990 年），頁 284。

〔註 6〕參見劉塞雲等著：《趙元任紀念專刊》，（台北：行政院文化建設委員會，1996 年），頁 8。

〈和平進行曲〉，於一九一五年一月發表在《科學》雜誌，雜誌前面的部分內含趙先生所譜寫的創作曲，後面的附錄則為《科學》編者的音樂文學寫作，其中論及趙先生對於音樂的深造頗有成就，非但能創作曲調來自娛〔註 7〕，還採用五線譜來寫作，實較簡譜的寫作及閱讀，更為有條不紊〔註 8〕。爾後，趙先生又於《科學》雜誌裡，發表〈說時・音樂時〉一文，此文是三篇〈說時〉論文——〈普通時〉、〈音樂時〉與〈倫理時〉之其一，這三篇文章依序在《科學》雜誌的一九一六年第六期、第十期與第十一期的刊物裡發表。

關於〈說時・音樂時〉的內容，包含「比較時」、「實奏時」及「表意時」等三部分，趙先生〈說時・音樂時〉的寫作動機，主要在於將西方的音樂涵蓋在「時」的概念裡，藉由時間推移的過程來說明音樂的基礎樂理和概念，同時也論及處理樂曲的技巧及方法，這篇作品不論對演奏者或欣賞者而言，皆提供一項賞樂及習樂的重要規範，此外，他也用許多中國音樂來印證，如：黃金台曲、長恨歌（常州吟法）等譜例的示範。

趙先生於〈說時・音樂時〉的篇首，先對「音樂」有所定義，即「音樂者，美術感情之發表於音樂者也。」〔註 9〕，再從音樂的物理方面來看，他認為凡是樂音皆有四項特質：一音高（pitch）〔註 10〕，二強度（Intensity）〔註 11〕，三長短（Length）〔註 12〕，四音色（Timber, Tone Color）〔註 13〕。審言之，「音高」無非是音的調值高低，由聲源的振動頻率決定。由於頻率與波長成反比，故頻率愈大或波長愈短的聲音，則音的調值愈高。「強度」為聲音強弱的程度，即是響度，又稱作「音量」，或作「音強」，與聲音振幅的平方成正比，常用分

〔註 7〕參見張靜蔚編：《中國近代音樂史料匯編》：「趙元任研究樂理有日，於所謂和音者，既深造有得，以其暇日，制調諧聲，以自愉悅。」，（北京：人民音樂出版社，1998 年），頁 253。

〔註 8〕參見張靜蔚編：《中國近代音樂史料匯編》：「不用字號而用五線譜者，以五線譜可一覽而得聲之高下，且符號有時過繁，錄用字號常不易讀，而五線譜則有條不紊。」，頁 253。

〔註 9〕參見趙如蘭編：《趙元任音樂論文集》，〈說時（節選）〉，頁 91。

〔註 10〕參見國立編譯館編訂：《音樂名詞・詞語篇》，亦稱「音高」作「pitch」，頁 44。

〔註 11〕參見國立編譯館編訂：《音樂名詞・詞語篇》，亦稱「強度」作「intensity」，頁 28。

〔註 12〕趙先生此處所談的「長短」（Length），是指音樂樂音的長短而言。

〔註 13〕參見國立編譯館編訂：《音樂名詞・詞語篇》中，「音色」所對應的術語為「Timbre（法）」，而不作「Timber」，頁 59。因此，趙先生在〈說時・音樂時〉所記載的「音色」，可能有誤。

貝表示。一般來說，在音樂的表現上，力度越強的，越能增加音樂的緊張性；反之則能減緩音樂的緊張性，並略顯舒緩及鬆弛感。但這僅是普遍的情況，並非絕對的規則。再者，「長短」則是指拍子的長短來說，如：一拍、半拍、兩拍等，是構成節奏或節拍的必備要素之一。「音色」又稱音品，是指樂音的色彩特質，無論是人聲或樂器，它的發聲方式、發音體的材質，以及傳播音的周圍環境等，皆能影響音色的發聲。除音叉外，任何發聲體所發出的聲音，都有強度最大的頻率，也有強度較弱的倍頻率——「泛音」，進而產生別有特色的音質。一般來說，發音體的物質基礎越好，產生的泛音越多，音色也越好，反之則較差〔註 14〕。

音樂創造即是把上述這些要素納入固定的體系中，如：調式、調性以及節拍，運用聲音動態的表現力，使之有系統及秩序，從而成就無數樂曲，讓音樂藝術得以在人類生活中發揮影響。然而，像這類的西方樂論觀點，實為近代的中國音樂所未見，而趙先生特將四項樂音的性質放入〈說時・音樂時〉的篇首，既有意帶入西方的基礎樂論，亦為他個人的音樂理論寫作做了前導之功，因此，奠定趙先生在近代中國音樂史上先驅者的地位。

第三節　〈說時・音樂時〉之「比較時」的探討

一、〈說時・音樂時〉之「比較時」的定義

關於〈說時・音樂時〉的音樂觀，趙先生主要提出「比較時」、「實奏時」、「表意時」三項。首先，從「比較時」來談，「比較時。比較時以節奏（Rhythm）〔註 15〕為第一要點。節奏實出於人之天性。心之鼓動血脈也，肺絳之呼吸空氣也，行路時左右足之交替如擺捶也，莫不有節奏之行動。」〔註 16〕，將節奏視為與生俱來的本性，如心臟規律的跳動，實則導引人體血脈的流動；肺的功能在於交換體內外的氣體，一吐一納地反覆進行著；行走時，左右兩足之交替，彷彿鐘擺般地來回擺盪。再將規律的節拍，試用於日常生活中，「蓋

〔註 14〕參見羅祖強編著：《曲式與作品分析》，（台北：世界文物出版社，1994 年），頁 29～頁 33。

〔註 15〕參見國立編譯館編訂：《音樂名詞・詞語篇》中，稱「rhythm」為「節奏」或「句節」，頁 48～頁 49。

〔註 16〕參見趙如蘭編：《趙元任音樂論文集》，〈說時（節選）〉，頁 91。

凡按拍行動，則前拍可有助於後拍之動神經之作用。故於軍士或學生隊，按節齊行似覺易於獨行；於打墻基或拉縴者，隨唱隨進，覺易於不按節而默然從事也。」〔註 17〕，前拍有助於後拍神經的進行，具有鼓舞的作用。不論軍士或學生隊，打墻基或拉縴者，隨著節拍的韻律來進行，皆有助於工作的完成〔註 18〕。

二、〈說時・音樂時〉之「比較時」——音樂節奏與曲調、強度的關係

在論及「節奏」之後，又提及其與「音調」的關係，「在多數音樂中，節奏（Rhythm）〔註 19〕與音調（Mhelody）〔註 20〕二者兼具，而熟為主要則視其所表之樂意而定。」〔註 21〕，因此，音樂中雖同具有節奏與音調（即曲調）的要素，但仍有主次之分別。究竟以何為主，以何為次，則依樂意的內涵需要來決定之。

另外，趙先生還論及節奏與強度的關係。節奏約略分為二拍、三拍、五拍等三大類，其中，每小節由重拍及輕拍所組成。先從簡節律的部分來談，在二拍子裡，兩拍成一節，每節「一重一輕」；三拍子作「重輕輕」為一節，但在國樂罕見，在西樂甚多，華爾滋（Waltz）舞蹈的節律即是；五拍子在西樂不多見，遇之則以「三二」或「二三」的節律視之，因五拍子為數已大，若不分組則不易神會。但也有不分組的，如柴可夫斯基（Tschaikovski）〔註 22〕的《悲愴交響樂》（Pathetic Symphony）〔註 23〕中有五拍調，拍數雖大，但仍能用之自然。再論四拍、六拍、九拍與十二拍的複節律，四拍子中，合二拍與二拍為四拍，再視首二拍為一重拍，後二拍為一輕拍；六拍子中，可作兩個三拍子為

〔註 17〕參見趙如蘭編：《趙元任音樂論文集》，〈說時（節選）〉，頁 91。

〔註 18〕參見趙如蘭編：《趙元任音樂論文集》，〈說時（節選）〉，頁 94。

〔註 19〕參見國立編譯館編訂：《音樂名詞・詞語篇》中，稱「rhythm」為「節奏」或「句節」，頁 48～頁 49。

〔註 20〕參見國立編譯館編訂：《音樂名詞》，趙先生此處所言的音調（Mhelody），應是《音樂名詞・詞語篇》中，所記載的「曲調（Melody）」，頁 34。

〔註 21〕參見趙如蘭編：《趙元任音樂論文集》，〈說時（節選）〉，頁 91～頁 92。

〔註 22〕參見國立編譯館編訂：《音樂名詞》，趙先生此處所言的柴可夫斯基（Tschaikovski），在《音樂名詞・人名篇》則記載作「Tchaikovsky, Pyotr Il'yich（1840～1893）」，頁 176。

〔註 23〕參見康謳著：《大陸音樂辭典》，將「悲愴交響曲」作「Symphonie pathetique」，（台北：大陸書局，1980 年），頁 1288。

一節，或合三個二拍子為一節；同理，九拍子與十二拍子，則為三拍子與四拍子組成的變形；七拍子因節奏美感難生，故而較不實用。因此，從上述的簡節律與複節律看來，雖說主要論及節奏與強度的關係，但其實也正說明了「合拍」（beat）〔註 24〕及「成節」（measure）〔註 25〕的來由〔註 26〕。

由此可見，趙先生對於「比較時」的提出，既言及音樂的節奏為與生俱來，又提到音樂節拍與強度的規律性，還將此特點運用於日常生活中，因此，「比較時」首要所著重的是，樂拍的規律性與各小節的輕重拍。

三、〈說時・音樂時〉之「比較時」——樂曲與新詩的句讀組織

此外，從上述的合拍、成節，依趙先生的說法，還能形成「讀」（Phrase）〔註 27〕及「句」（Period）〔註 28〕的組織，即音樂上一般所稱的「分句」與「樂段」。趙先生提及，「西樂大抵以四節為讀。然節之長而緩者，有時以兩節為一讀，短而急者，以八節為一讀。然節之長而緩者，有時以兩節成一讀，短而急者，以八節為一讀。用三節或其倍成一讀者較鮮。」〔註 29〕，即是不論以兩節、八節或三節，甚至它的倍數為一讀。拍子的節律長短，實可影響曲調的緩急。況且，「惟有時以重申要義或徐賞餘韻之故，亦有隨意加數節者，每一讀內之節數因之稍失其規則。然聽者若會其用意，亦不覺其無度也。」〔註 30〕，因此，拍子固然有它的規律，但為強調其中的要義及餘韻，無不稍作變化，聽眾若能體會創作者的用意，便不覺這種變化是為失之法度。再者，樂曲中的每節總拍雖有定數，但拍子的分法仍須有參差變化，否則，演奏過多相同節拍的樂曲又不知求旋律的變化之下，便不易引起他人共鳴，因此，趙先生又提及「其拍之分法則以參差而不拘束為貴。」〔註 31〕，為避免此弊，「可分一拍為數等分或不等分，或合上拍與下拍而成一音。」〔註 32〕，以求更多的變化，所謂「分一

〔註 24〕參見國立編譯館編訂：《音樂名詞・詞語篇》中，稱「beat」作「拍」，頁 5。
〔註 25〕參見國立編譯館編訂：《音樂名詞・詞語篇》，稱「measure」作「小節」，頁 34。
〔註 26〕參見趙如蘭編：《趙元任音樂論文集》，〈說時（節選）〉，頁 92～頁 93。
〔註 27〕參見國立編譯館編訂：《音樂名詞》，此處的「讀」（Phrase），《音樂名詞・詞語篇》中，將之稱為「分句」，頁 44。
〔註 28〕參見國立編譯館編訂：《音樂名詞》，此處的「句」（Period），《音樂名詞・詞語篇》中，將之稱為「樂段」，頁 43。
〔註 29〕參見趙如蘭編：《趙元任音樂論文集》，〈說時（節選）〉，頁 94。
〔註 30〕參見趙如蘭編：《趙元任音樂論文集》，〈說時（節選）〉，頁 94。
〔註 31〕參見趙如蘭編：《趙元任音樂論文集》，〈說時（節選）〉，頁 95。
〔註 32〕參見趙如蘭編：《趙元任音樂論文集》，〈說時（節選）〉，頁 95。

拍為數等分」，舉例來說，即將一個四分音符分作兩個八分音符，或分為四個十六分音符；所謂「不等分」，則將四分音符為一拍的小節中，將一拍分作前長後短的附點八分音符及十六分音符，或將二拍也分作前長後短的附點四分音符及八分音符。關於「合上拍與下拍成一音」的部分，則指長拍（如四分音符為一拍的小節中，以二個二分音符或一個全音符表示）而言，即跨越了數個節拍。

因此，筆者認為，音樂中「句」、「讀」的構成（即音樂上一般所稱的「分句」與「樂段」），本由數個樂音的「合拍」及「成節」等要素所組織而來。有了樂音的「合拍」及「成節」的連結後，便能成「讀」，又「讀」與「讀」的組成，便能成「句」。在「句」、「讀」之間，變化樂音的「長短」，則能形成「長短」不一的節奏變化。然而，曲譜中的詩文，亦如上述一般地結構層次，詩文「句」、「讀」的組成與「詞素」、「詞彙」相關〔註 33〕，「詞素」本為語言上的最小單位，「詞彙」則由兩個以上的「詞素」所結合。經由數個「詞素」的連結後，便能形成「讀」（或稱「短語」），「讀」與「讀」（或稱「短語」與「短語」）的組織，便可形成一較完整的「句」〔註 34〕。因此，詩文與音樂的結構組成，皆由不同的元素及組織擴大而來。況且，詩文與音樂的藝術成就為何，端賴創作者將這些簡單的要素加以巧妙構思，才足以羅織成較為完整而耐人尋味的詩文或樂章。

另外，音樂中的詩文句讀，也如同樂拍中有著規律性及輕重拍一般，從詩文的句式、韻律或吟誦讀來，或停頓或連結的部分，多能規律地連續推進，因此，能形成如同音樂般地節奏美。但「音樂中之句、讀與詩文之句、讀不同。在歌調中大抵樂讀長於字讀，樂句長於字句。」〔註 35〕，況且，「讀之所以為

〔註 33〕參見趙元任著：《語言問題》，「語言最任意的部分是詞彙。」「最簡單而不可再分成再小的有意義的部分，這種詞彙的單位，我們叫做詞素。」「詞彙是個集體的名詞，詞素是個個體的名詞。所以一個語言裡頭只有一個詞彙，沒有幾個詞彙的，可是一個語言有許許多多的詞素在裡頭；一個詞彙裡所有的各詞素麼，也有各種不同的性質。也有能夠獨立的，也有不能獨立的。」，（台北：台灣商務印書館，1968 年），頁 44。

〔註 34〕參見趙元任著：《語言問題》，「一個人說一番話，當中可以分成一句一句的，那麼一句話也可以分成若干停頓或可停的短語，或者叫做詞組。一個短語可以分成可停而不一定停的詞（一個短語裡頭的幾個詞平常說的時候不停；不過每一個詞的內部不可以停），那麼這些詞有的再分可分成詞素，可是詞素再分就分成無意義的音位了。」，頁 46。

〔註 35〕參見趙如蘭編：《趙元任音樂論文集》，〈說時（節選）〉，頁 94。

讀，以有樂韻（cadence）〔註36〕而成，讀與讀相對則成句。有時合數讀成一句。」〔註37〕，後段所提的「讀」，是指音樂的句、讀，「以有樂韻而成」。其實，詩文之句、讀，何嘗不是如此，讀與讀之相連既可成句，句之相連則必然成詩文篇。又音樂小節或詩文段落中的重拍，常有支持或引導的作用，而弱拍上的音則常屬於附屬的地位。所以，音樂與文學中，本有著共同處，音樂中既有文學性，文學之中亦有音樂性，二者相輔相成，無法或缺。

四、〈秋鐘〉樂曲節奏與新詩節奏的搭配

以下就以趙先生作詞作曲的《新詩歌集・秋鐘》為例，來談音樂節奏與文學節奏的關係：

鐘一聲一聲的嚮，風一陣一陣的吹，

吹到天色漸漸的暗了，鐘聲也斷了，

耳朵裏還像似有屑屑屑屑，吹來吹去。

飛來飛去的落葉，冬冬冬的鐘聲，似遠似近，

和那轟轟轟的風聲，似有似絕〔註38〕。

上述為趙先生所作之詞，詩題為「秋鐘」，藉由鐘聲的響起，風的吹拂，構成一幅景畫。第一、二句語法相同，為「一、五、一」字的組合，「鐘／一聲一聲的／嚮」，「風／一陣一陣的／吹」；第三、四句則為「二、三、二」字的組合，「天色／漸漸的／暗了」，「鐘聲／也／斷了」，只是後句的「漸漸的」予以省略，再加上了「也」字，具有層層疊上的層遞效果；前後兩句的「暗了」、「斷了」也是接二連三，反覆吟詠；「冬冬冬／的／鐘聲」，「轟轟轟／的／風聲」，則以聽覺上的「冬冬冬」及「轟轟轟」的狀聲詞來描摹「鐘」及「風」的狀態；「似遠似近」與「似有似絕」亦是先後採用疊字的用法。風吹在「耳朵」裡，產生「屑屑屑屑」的聲響，繚繞縈耳，久久不散；「落葉」也因風的吹拂而「飛來飛去」；「冬冬冬的鐘聲」，隨著風的傳遞，「似遠似近」。最後，連那「轟轟轟的風聲」也「似有似絕」一般。不論是「冬冬冬」、「轟轟轟」，還是「屑屑屑屑」，狀聲的疊字多至三字，甚至四字，無不加強聲響的描摹，

〔註36〕參見國立編譯館編訂：《音樂名詞》，此處的樂韻（cadence），在《音樂名詞・詞語篇》中，稱之為「終止式」，頁6。

〔註37〕參見趙如蘭編：《趙元任音樂論文集》，〈說時（節選）〉，頁94。

〔註38〕參見趙元任著：《新詩歌集・秋鐘》之歌詞，（台北：台灣商務印書館，1960年），頁8～頁9。

使得唱詞者產生鮮明的印象，也讓聆聽者產生共鳴的情緒。

至此，從詩文善用多數的類疊，字數的整齊與相同的語法中得知，此種方式能讓詩句有規律性地推進，也促使文學中的節奏性更為鮮明。因此，詩句雖短，但從規律性的反覆，所造成一唱三嘆的效果，使得意境及韻味更為幽遠而深長，正是詩歌韻律美的一項例證。

再從〈秋鐘〉的樂曲來談，「鐘／一聲一聲的／響」，「風／一陣一陣的／吹」，二句詩文的句讀節拍，本為相同。「一聲一聲的響」及「一陣一陣的吹」，皆為形容「鐘」與「風」的狀態。若採以吟誦的方式讀之，詩文的重點為「鐘、響」及「風、吹」二詞，中間的「一聲一聲」既為兩組前後相同的詞彙，為求語韻的變化，便可依照個人對文學的領會而有所不同；前後兩處的「的」字，則非重點所在，因此，讀來短而輕，無須刻意表現。從樂曲來談，前後二樂句的節拍組合，對照之下，互為相應，再配之以詩文的部分，不難發現，趙先生有他巧妙的安排。「一聲」與「一陣」二詞的重複出現，在樂曲的表情達意上，為求變化，音樂的節奏前後便有所變化，第一次的「一聲」、「一陣」詞，皆以八分音符表之，第二次出現時，便以前短後長的八分音符與四分音符為節拍來呈現；「的」字則作為四分音符「聲」、「陣」二字與二分音符「響」、「吹」二字的連接處，故拍子也較前後稍短，採用八分音符帶過。因此，二句詩文的句讀節拍，恰與樂句的句讀節拍相互吻合。再從樂曲與字調的搭配來看，因「響」與「吹」皆為詩韻，本為詩文的重點所在，因此，依趙先生的歸納原則看來，此處樂曲與字調的搭配，實為依照舊式音韻而區分，「響」為一仄聲字，「吹」為一平聲字，因此，仄聲字採用 D 音，而不用 C、E、G 音，平聲字則使用 C 音，而不採用 D、F、A、B 音〔註 39〕。如譜例一〔註 40〕：

〔註 39〕參見趙如蘭編：《趙元任音樂論文集》，〈《新詩歌集》文字部分．本集的音樂〉，「樂調配字調的原則大略歸納起來如下：1.平聲字用平音，平音又以 1,3,5 為合宜，但也不一定用它們。如用變度音，當以先高後低為宜，但花音不在此例。2.仄聲字用變度音（一字先後幾音），或用 2,4,6,7 平音，但也不一定用它們。3.一仄相連，平低仄高（這樣仄聲就不必用變度音或 2467 了）4.以上三條只用在一句的重要的字上，尤其是韻字，其餘的字可以全無規則。」，頁 121。

〔註 40〕參見趙元任著：《新詩歌集》，〈秋鐘〉，頁 8。

後又承接「吹到／天色／漸漸的／暗了」，「鐘聲／也／斷了」，兩句字讀長短不一，樂句也有所差異。前段「鐘／一聲一聲的／嚮」，「風／一陣一陣的／吹」結束後，未馬上承接下去，而是於二分音符的「嚮」與「吹」字後，分別作二拍的喘息，「嚮」字後的伴奏，仍同其他處一般，以切分音模擬鐘聲效果；「吹」字後的數拍時間，雖無主旋律的彈奏，但伴奏則分別由高低音域的兩組不同半音階，做一下行一上行的演奏，彷彿風聲般地聲響輕輕滑過，如譜例二〔註41〕：

至此，音樂似乎也隨時間的推移繼續進行，十足地讓人有想像與發揮的空間，逐步地踏入詩文及音樂的旋律之中。筆者以為，這段恰為「音畫」（tone-painting）的表現〔註42〕。再探究「天色／……／暗了」，「鐘聲／……／斷了」二句，先將語法不同之處省略，詩文與樂拍的搭配亦有脈絡可循。根據吟誦的語韻以及樂拍的搭配來看，從八分音符及四分音符的交替運用所得，相同的語法便以相同的節拍呈現，構成音樂的節奏與詩文的節拍有所照應。況且，「暗了」、「斷了」二詞本為詩文的句末，讀來略有下降收束之感，二音間亦採用半音表之，兩組下行的小二度，也讓樂句有著收縮、結尾的效果。因此，藉由音

〔註41〕參見趙元任著：《新詩歌集》，〈秋鐘〉，頁8。

〔註42〕參見楊沛仁著：《音樂史與欣賞》，附錄2專有名詞，「利用音樂的方式，去描寫出自然界的聲音或刻畫出歌詞文字上的含意，同 word-painting。」，（台北：美樂出版社，2005年3月20日），頁487。參見洪萬隆總編輯：《黎明音樂辭典》，指「word-painting」為「文字著色」，「文字著色是文藝復興末期與巴洛克時期主要的音樂風格之一。不過在整個音樂史上，並不乏『文字著色』的作品。『文字著色』風格所要掌握的關鍵乃在於歌詞或文字敘述的意念所要描述的與音樂某些特色之間的關聯。舉個最簡單的例子，描寫音樂作品中所出現的鳥叫聲、雷聲、嘆息聲以及哭泣聲等都是仿效出來的。同樣的，高音、低音、上行、下行音階、宏大、輕柔的聲音、快速、緩慢也都各自有它們抽象的意義，也可以拿來表示具有某些抽象意義的東西。」，（台北：黎明文化事業股份有限公司，1994年6月），頁2477～頁2478。

樂音程的特性，再予以配合詩文的段句，實能巧妙地構成音樂與文學間的關聯性。如譜例三〔註43〕：

五、〈秋鐘〉樂曲輕重與字調輕重的搭配

趙先生談到作曲時，對於字詞與樂調（即樂曲）有所論述，他認為「在作曲時，字音與樂調的關係，分出輕重很重要。」〔註44〕，並於《新詩歌集》的文字部分提到樂曲的組織，關於〈秋鐘〉一曲屬於完全西洋派（普通派，外國人看不出是哪一國人作的音樂），認為「外國字的輕重音（stress accent）〔註45〕須得跟音樂的輕重音相合。在中國輕重音固然也須講求，但不必像外國那末嚴格。」〔註46〕，如：「吹來吹去」、「飛來飛去」二句的結構，則分別由前後「吹來」、「吹去」二詞彙組成，「飛來」、「飛去」的語法亦如前者所述，但單就「吹來」、「飛來」、「吹去」、「飛去」這四個詞彙見得，主要著重在「來」與「去」二字，按照詞彙的語調規律，重音亦落在「來」與「去」之上，輕音落於「吹」與「飛」二字，呈現前者長而重，後者短而輕之勢。再從「吹來吹去」、「飛來飛去」二句，音樂旋律的表現見得，則採以短拍在前，長拍在後，藉由八分音符及附點四分音符的交錯使用而成之。照四拍節奏的強度而言，重拍本出現在首拍及第三拍，但此處的重拍卻產生了位移的現象，出現於不正規的拍子上，這種捨重首拍而輕他拍的現象，實讓人產生一種特異的感覺，趙先生稱之為「斷拍」（Syncopation）〔註47〕，此「斷拍」在西洋的樂理中，又稱作「切分法」或「切分音」〔註48〕。關於「斷拍」的運用，尚於「吹去」、「飛去」二句

〔註43〕參見趙元任著：《新詩歌集》，〈秋鐘〉，頁9。
〔註44〕參見趙如蘭編：《趙元任音樂論文集》，〈中國音韻裡的規範問題〉，頁18。
〔註45〕參見國立編譯館編訂：《音樂名詞》，此處的輕重音（stress accent），在《音樂名詞．詞語篇》中，「stress」稱之為「強音」，「accent」則稱為「重音」，頁1、頁55。
〔註46〕參見趙如蘭編：《趙元任音樂論文集》，〈《新詩歌集》文字部分．本集的音樂〉，頁119。
〔註47〕參見趙如蘭編：《趙元任音樂論文集》，〈說時（節選）〉，頁95。
〔註48〕參見國立編譯館編訂：《音樂名詞．詞語篇》中，「Syncopation」的中譯可作兩解，一為「切分法」，二為「切分音」，頁56。

的伴奏出現，這種以「斷拍」的形式，所產生的鐘聲效果，可說是貫穿了〈秋鐘〉全曲。但此處稍有不同之處，在於趙先生又賦予了十六分音符的三連音而與其他不同。如譜例四〔註 49〕：

「似遠似近」、「似有似絕」，也恰與「吹來吹去」、「飛來飛去」所產生的意象，略有雷同之處。因為，「吹」、「飛」與「似」的前後組合，皆為兩個字義相反的名詞素。從空間上來說，「遠」與「近」，「有」與「絕」，「來」與「去」，皆有忽遠忽近，忽明忽滅，來回擺盪的效果存在。試以吟誦的方式讀「似遠」、「似近」、「似有」、「似絕」詞語，聽來有種前短後長之感，而詩文的重音亦落在「遠」、「近」、「有」、「絕」之上；音樂的表現，亦從八分音符（「似」詞）及四分音符（「遠」、「有」、「絕」詞）的切分交互使用中，循得樂曲以較長拍的方式，強調詩文的「遠」、「近」、「有」、「絕」等各詞。況且，「似遠似近」的「近」字，「似有似絕」的「絕」字，本為二個仄聲字，前後分別採用「a^1」音及降「b^1」音，作為樂句與詩句的段落之結。至此，不論從詩文或音樂言之，恰符合趙先生所認為，作曲者本應對字音與樂音調值的關係，分出輕重的條件，以及樂音平仄的規則〔註 50〕，相為吻合。如譜例五〔註 51〕：

〔註 49〕參見趙元任著：《新詩歌集》，〈秋鐘〉，頁 9。

〔註 50〕參見趙如蘭編：《趙元任音樂論文集》，〈《新詩歌集》文字部分・本集的音樂〉，頁 121。

〔註 51〕參見趙元任著：《新詩歌集》，〈秋鐘〉，頁 9。

六、〈說時・音樂時〉之「比較時」——花音的部分

此外，「比較時」中又提出「花音」的部分。「花音時。吾國樂調無諧時之陪襯，且常用之簫笛胡琴等器之音調概欠準確，故以之作簡單之調，則調雖美而因此樂器二屬短處之太顯而不悅耳；因是而不得不用花音（ornamentation）〔註52〕以助之。」〔註53〕，當國樂曲調聽來不諧和，抑或樂器音調欠準時，花音的運用則有助於樂調的和諧。「然花音不必盡為掩醜而設，即在西樂亦屢見而不見，惟不若吾國之非花則不成佳調耳。」〔註54〕，因此，花音用於西樂，未必盡求樂曲的和諧。「一般說起來中國的樂譜往往是細節的花音並不是完全寫出來的，所以唱者的是可以，並且應當自動的加些適當的花音的。……有些花音的加法不過是一種傳統的習慣，比如說表演者隨時可以在兩個音之間多加一個音。也有時為了要模仿唱詞一個字的聲調，假如基本的旋律還不夠，就再偷進來一個花音。」〔註55〕，故國樂中「花音」的使用，實為一種傳統的習慣，主要為求樂曲的和諧，為模仿唱詞的聲調，即使樂譜未述詳盡，唱者仍可自主加入變化音，因而更豐富了原先旋律的曲折度。況且，「花音時之奏法，須使花音與原來正音總共之時與原時適相等，斷不可因花音難奏而延長之，致失節拍也。」〔註56〕，也就是旋律不因「花音」的加入，而影響旋律的全時數，儘管「花音」難奏，亦不可隨意延長拍數。

再論中西樂「花音」的記譜方式，國樂譜本以工尺譜表之，作某調之原調為「2/4 六工 六工｜六工尺」，作花音調為「2/4 六工 六工｜六五六工尺」〔註 57〕。花音的演奏及記譜，越是多變則越是繁雜，但在西樂裡，則不同於前。「在西樂樂譜，其符號甚完全，故凡花音皆可準確表之；能讀譜者，見號即能奏花調，不必先聞人方能自奏也。然則數種花音常常遇見，以書之費時於是有簡號以代之。」〔註58〕，如：「∿」、「∿|」、「♪」、「tr」等數種，皆為西樂樂譜中，常見的花音符號；國樂曲中的花音也不勝枚舉，如：「夾花音」、

〔註52〕參見國立編譯館編訂：《音樂名詞・詞語篇》中，稱之為「裝飾法」，頁41。
〔註53〕參見趙如蘭編：《趙元任音樂論文集》，〈說時（節選）〉，頁95。
〔註54〕參見趙如蘭編：《趙元任音樂論文集》，〈說時（節選）〉，頁96。
〔註55〕參見趙如蘭編：《趙元任音樂論文集》，〈中國語言裡的聲調、語調、唱讀、吟詩、韻白、依聲調作曲和不依聲調作曲〉，頁10。
〔註56〕參見趙如蘭編：《趙元任音樂論文集》，〈說時（節選）〉，頁96。
〔註57〕參見趙如蘭編：《趙元任音樂論文集》，〈說時（節選）〉，頁96。
〔註58〕參見趙如蘭編：《趙元任音樂論文集》，〈說時（節選）〉，頁96。

「上花音」、「下花音」、「顫音」、「半顫音」、「半反顫音」、「轉花音」、「半顫夾花音」、「下顫音」等〔註59〕。然而，國樂稱「𝆖」顫音為花音的一種，而西樂中也將「𝆖」視為裝飾音之一，因此，某些用法於中西樂中，頗有雷同之處。由上述可知，趙先生雖未於文中指明，中國的「花音」使用與西方的「裝飾音」用法相同，但從他論文中所提及的〈黃金台〉五線譜譜例舉隅中，可以見得〔註60〕，西樂「裝飾音」的功能近似於國樂的「花音」，既讓旋律聽來更為曲折變化，也讓旋律增添了不少趣味性。如〈秋鐘〉之譜例五，其中後部的「似有似絕」，倒非正規的呈現，「似有」與「似絕」間，尚加上花音（裝飾音）〔註61〕，以與前段的「似遠似近」有所區別，其目的實有樂句中求變化及趣味的特性所在。

至此，西樂的五線譜記譜與國樂的工尺譜相較下，五線譜確實較工尺譜簡單、明瞭。此處亦印證了，「不用字號而用五線譜者，以五線譜可一覽而得聲之高下，且符號有時過繁，錄用字號常不易讀，而五線譜則有條不紊。」〔註62〕之說，所以，趙先生實較贊同以五線譜來記之。

〔註59〕關於「花音」的運用，參見趙如蘭編，《趙元任音樂論文集》，〈說時（節選）〉，「花音之最常見者為夾花音（embellishments,或 grace notes），即由本調正音之時間取出一小部分而易以花音者也。夾花音之在正音上者為上花音（appggiatura）在吾國簫笛與昆腔幾無字無之。夾花音之在正音下者為下花音（inverted appoggiatura），此花音在西樂不多見，在吾國戲曲甚多。夾花音之由正音與上花音合成者為半顫音（Pralltirller）。由正音與下花音合成者為反半顫音，（mordent）。又有所謂轉花音（turn）音，係由上花音、正音、下花音、正音四者相繼而成，概附於正音之後，其符號為橫書之反 S。轉花音在吾國幾無有，在西樂則常見之。世界最大著名音樂家德國之貝多芬（Beethoven）喜用轉花音者也。……以上所述為夾花音之最常見者，然花音不必盡為夾花音。……茲因此類花音大都照平常填譜法注出而不用特別簡號，故可從略。惟有一種花音在此例外者，是為顫音（frill），符號為 tr。顫音為正音與上花音迅速來回而成者。……今因正音雖同為四分或他分音，而實奏之時，視樂意而異，故某顫音當作幾次來復，必視其全音實奏之長短而定。……顫音與半顫夾花音略相似，惟以前者佔正音之全時，故不稱之謂夾花音。」「以正音與下花音迅速來復則成下顫音（invertedtrill）。下顫音在西樂甚鮮見，在吾國則間或有之。」，頁 96～頁 97。

〔註60〕參見趙如蘭編：《趙元任音樂論文集》，〈說時（節選）〉例一，頁 101。

〔註61〕參見康謳著：《大陸音樂辭典》，「法國十七世紀用詞，凡是由兩個相鄰的音所組成的裝飾音，都可以用此字稱之，如漣音、震音、振動音。」，頁 118。

〔註62〕參見張靜蔚編：《中國近代音樂史料匯編》：「趙元任研究樂理有日，於所謂和音者，既深造有得，以其暇日，制調諧聲，以自愉悅。」，頁 253。

從上述〈秋鐘〉的樂譜二例見得，正如同趙先生在字音與曲樂中，對於輕重音所應搭配的觀點一般。也符合了「音樂時——比較時」中，對於節奏與強度輕重的觀點一樣。此外，又加入了「花音」的元素，以展現旋律多變之風貌。因此，不論從音樂或詩文探之，實能從他的創作樂曲中，循得理論的實踐。但在此規則中，倒也未必一味地拘泥其中，尚能依其所需，對音樂作些不同的變化，以顯現不同的趣味，即使樂曲旋律未必依照音調的輕重而搭配，音樂仍能展現創作者藉由「音畫」（tone-painting）〔註 63〕的描繪，而呈現出鐘聲的豐富內涵。而趙先生倒也如實地點出，他個人未遵守此規律的做法究竟為何，並說明缺失所在〔註 64〕。諸如上述所言，此類問題於〈秋鐘〉一曲中雖未出現，但是，倒能於他自身的其他創作樂曲中，獲得證明。換言之，趙先生對於詩文與樂曲的輕重音配置，本有所重視，但未必全然地嚴格遵守之〔註 65〕。

第四節 〈說時・音樂時〉之「實奏時」的探討

一、〈說時・音樂時〉之「實奏時」的定義

「實奏時。實奏時或稱絕對時（absolute time），又曰拍率，其等級有五：

〔註 63〕參見楊沛仁著：《音樂史與欣賞》，附錄 2 專有名詞，「利用音樂的方式，去描寫出自然界的聲音或刻畫出歌詞文字上的含意，同 word-painting。」，頁 487。參見洪萬隆總編輯：《黎明音樂辭典》，指「word-painting」為「文字著色」，「文字著色是文藝復興末期與巴洛克時期主要的音樂風格之一。不過在整個音樂史上，並不乏『文字著色』的作品。『文字著色』風格所要掌握的關鍵乃在於歌詞或文字敘述的意念所要描述的與音樂某些特色之間的關聯。舉個最簡單的例子，描寫音樂作品中所出現的鳥叫聲、雷聲、嘆息聲以及哭泣聲等都是仿效出來的。同樣的，高音、低音、上行、下行音階、宏大、輕柔的聲音、快速、緩慢也都各自有它們抽象的意義，也可以拿來表示具有某些抽象意義的東西。」，頁 2477～頁 2478。

〔註 64〕參見趙如蘭編：《趙元任音樂論文集》，〈中國音韻裡的規範問題〉，「如我替胡適之先生『上山』這首詩作曲時，『好了、好了』，這地方就沒有配好，因為『了』字應該放在輕聲上。」，頁 18。

〔註 65〕參見趙如蘭編：《趙元任音樂論文集》，〈黄自的音樂〉，「黄自對於中國字在樂句裡輕重音的配置，可以說嚴格得要命，在現代作曲家中間很少有像他這樣嚴格的。記得有一次幾個人在那兒審查一些作品，有好幾處我認為不在最重要的拍子上，詞與曲的輕重音略微差一點，可以算通得過，但是他還是一點不肯馬虎。」，頁 87。

緩（largo）〔註 66〕、徐（adagio）〔註 67〕、舒（andante）〔註 68〕、速（allegro）〔註 69〕、急（prseto）〔註 70〕。」〔註 71〕，實奏時，又稱絕對時，是種音樂感情的表現，從緩徐舒速急中，表現音樂的旋律及動感，然而「緩、徐、舒、速、急」這五等級，僅是概略的劃分，它們各層級間仍有所變化，「級與級間又有他級，最常見者例如『小速』（allegretto）〔註 72〕則在『舒』與『速』之間，『火速』（allegro Con brio.）〔註 73〕在『速』與『急』之間。……樂調之實奏時於樂意甚緊要，若用拍率失當，則全失樂調之本來面目。」〔註 74〕，因此，儘管一曲中之樂曲有所變化，然拍率仍有他的規律，並非盡是漫無目的的自由表現。

由前章所提的「比較時」以及上述的「實奏時」看來，它們實非獨立各行其事，兩者本為相輔相成。趙先生尚提及，「音樂時即由各種樂音長短之關係而生也。」〔註 75〕，即前文所提樂音之其一特質「長短」〔註 76〕，此乃樂音之必備要素之一，無法或缺。又「樂音之時，有比較時與實奏時之區別。如某調為四拍子或三拍子，是指比較時而言者也；如某調為急進的、某調為徐行的，是指實奏時而言者也。」〔註 77〕，從這段敘述中，更清楚明瞭地，對前面所提的二時解釋，加以比較澄清，所謂「比較時」，即是今日所言的節奏，每小節有規律的拍數與強度；「實奏時」，藉由不同程度拍率的註記，以提示演奏者該如何地表現音樂，來傳達樂曲所欲表達的情感，將樂曲中的旋律與律動性呈現出來。

〔註 66〕參見國立編譯館編訂：《音樂名詞．詞語篇》，稱之為「最緩板」，頁 31。
〔註 67〕參見國立編譯館編訂：《音樂名詞．詞語篇》，稱之為「慢板」，頁 1。
〔註 68〕參見國立編譯館編訂：《音樂名詞．詞語篇》，稱之為「行板」，頁 2。
〔註 69〕參見國立編譯館編訂：《音樂名詞．詞語篇》，稱之為「快板」，頁 2。
〔註 70〕參見國立編譯館編訂：《音樂名詞．詞語篇》，稱之為「急板」，頁 45。
〔註 71〕參見趙如蘭編：《趙元任音樂論文集》，〈說時（節選）〉，頁 98。
〔註 72〕參見國立編譯館編訂：《音樂名詞．詞語篇》，稱之為「稍快板」，頁 2。
〔註 73〕「allegro」，參見國立編譯館編訂：《音樂名詞．詞語篇》，稱之為「快板」，頁 2。「Con brio.」，參見康謳著：《大陸音樂辭典》，詳「Brio」條，頁 260；「Brio,con」（義），參見康謳著：《大陸音樂辭典》，指活潑的，有精神的，頁 156。
〔註 74〕參見趙如蘭編：《趙元任音樂論文集》，〈說時（節選）〉，頁 98。
〔註 75〕參見趙如蘭編：《趙元任音樂論文集》，〈說時（節選）〉，頁 91。
〔註 76〕趙先生此處所談的「長短」（Length），是指音樂樂音的長短而言。
〔註 77〕參見趙如蘭編：《趙元任音樂論文集》，〈說時（節選）〉，頁 91。

二、〈秋鐘〉樂曲拍率與新詩情感的搭配

依此看來，〈秋鐘〉一曲，樂譜的開頭為「Andante」〔註 78〕，並以「♩= 78」表之，意為「行板」，正如同趙先生「實奏時」中的「徐行」。從詩文來了解全曲的意境，全首曲子約略描述「鐘嚮」、「風吹」、「落葉」三項內涵的相互關係，本構成一完整的意象，未有其他的要素加入或場景的轉換，因此，整首大致依循著前者標明的速度來進行。若譜曲者為加入與原先不同的音樂要素，或欲為表現場景的更替而作不同的變化，皆可能採以音樂速度的改變，來作樂曲情感、意境的轉換，以引起聽樂者對於樂中的起伏曲折處有所關注。然而，由〈秋鐘〉一曲的詩文來看，本為一整體的意象，未有刻意的場景轉換，整首雖大致維持著徐行的拍速進行，但是，演唱者尚可依循著新詩的意境，略在拍率中作些微的變化，如此更容易表達出豐富的情感內容。

三、〈秋鐘〉樂曲切分音與新詩意境的聯繫

再從音樂的部分來探究，〈秋鐘〉前奏的四小節，便以切分音（趙先生稱之「斷音」）、重音來呈現，表情記號也頗為豐富，如譜例六〔註 79〕：

在第三小節的切分弱拍上，標有「1」的記號，作者於樂譜下注：「跳下 Pedal〔註 80〕來，在同一音上，一下極重，一下極輕，第二下就成特別像鐘的聲音，本曲逢有『＞』處都要這樣奏法。」〔註 81〕，這便是作者在《新詩歌集》的創作樂譜中，對於樂曲的特殊表現所採取的加注法，而全曲中標有「＞」的重音處，尤以前奏與尾奏出現最多，除可藉此產生鐘聲的效果外，切分音的使用亦功不可沒。切分音不只用於前奏及尾奏，還貫穿了整首曲子的伴奏，趙先生於歌注部分尚提及「這完全是個寫聲的音樂，那些半拍上打下的音就是鐘聲，尤其是在一重一輕的地方，因為琴弦顫動很大的時候，接著又有槌子輕輕的碰一

〔註 78〕參見國立編譯館編訂：《音樂名詞．詞語篇》，頁 2。
〔註 79〕參見趙元任著：《新詩歌集》，〈秋鐘〉，頁 8。
〔註 80〕參見國立編譯館編訂：《音樂名詞．詞語篇》，「pedal」意指「踏瓣」，頁 43。趙先生的注解作「跳下 Pedal……」，可能有誤，應作「踩下 Pedal……」，較為正確。
〔註 81〕參見趙元任著：《新詩歌集》，〈秋鐘〉，頁 8。

下，就發出一種特異的像鐘的聲音。」〔註82〕，唯獨「耳朵裏還像似有屑屑屑屑，吹來吹去。」，一段的旋律與伴奏的八分、十六分音符所產生的切分音，以及伴奏高低音兩部的小三度音程，恰作一上行一下行的表現，因而產生參差錯落的效果。由上述可知，寫鐘聲的音樂，實為「音畫」(tone-painting)的表現〔註83〕。況且，音樂又採以「*colla voce*」〔註84〕的方式，讓伴奏隨著獨唱的聲部來表現音樂的情感與內涵，而為「落葉」做出特殊聲效〔註85〕。如譜例七〔註86〕：

因此，不論重音或是切分音在〈秋鐘〉一曲的發揮上，可說是頗為傳神。

〔註82〕參見趙如蘭編：《趙元任音樂論文集》，〈《新詩歌集》文字部分．歌注〉，頁133。

〔註83〕參見楊沛仁著：《音樂史與欣賞》，附錄2專有名詞，「利用音樂的方式，去描寫出自然界的聲音或刻畫出歌詞文字上的含意，同 word-painting。」，頁487。參見洪萬隆總編輯：《黎明音樂辭典》，指「word-painting」為「文字著色」，「文字著色是文藝復興末期與巴洛克時期主要的音樂風格之一。不過在整個音樂史上，並不乏『文字著色』的作品。『文字著色』風格所要掌握的關鍵乃在於歌詞或文字敘述的意念所要描述的與音樂某些特色之間的關聯。舉個最簡單的例子，描寫音樂作品中所出現的鳥叫聲、雷聲、嘆息聲以及哭泣聲等都是仿效出來的。同樣的，高音、低音、上行、下行音階、宏大、輕柔的聲音、快速、緩慢也都各自有它們抽象的意義，也可以拿來表示具有某些抽象意義的東西。」，頁2477～頁2478。

〔註84〕參見康謳著：《大陸音樂辭典》，指示伴奏者「隨從」主部，主部則以自由的節奏而演奏，頁247。

〔註85〕參見趙如蘭編：《趙元任音樂論文集》，〈《新詩歌集》文字部分．歌注〉，「還有左右手的音參差的地方，跟那些小三音(truplets)就是落葉吹來吹去飛來飛去的樣子」一段文字，頁133～頁134。

〔註86〕參見趙元任著：《新詩歌集》，〈秋鐘〉，頁8～頁9。

四、〈秋鐘〉音樂術語的涵義

此外，趙先生還認為，這些符號仍因人而異，未必準確到每人都能有相同的理解，到底還是認為樂譜得須注明音樂術語。因為，從樂譜中注明快慢、音強及各種變化，就足以表現作曲家及演奏家的表情用意了。如上述譜例六是為四小節的前奏，故尚無詩文歌詞的搭配，且以同音彈奏之，藉由「***ppp***」、「***fp***」、「＞」、「＜」（漸強）、「＞」（漸弱）等豐富的表情記號，同中求異，以切分音的手法，隨著時間的推移，一步步地導入樂曲的開端——鐘的聲響，尤其，詩文的首四句「鐘一聲一聲的嚮，風一陣一陣的吹，吹到天色漸漸的暗了，鐘聲也斷了。」，最先點明了「鐘」之物，再從鐘的聲響，以致於風的吹動，讓人有著蕭瑟悽清之感，也因前述場景的鋪陳，點出了題意中的「秋」字，因此，再次呈現出音畫（tone-painting）〔註87〕的效果來。然而音樂有固定的節奏雖悅耳，但未必能表達出更為深切的情意，關於此點，趙先生又提出了「表意時」。

第五節　〈說時・音樂時〉之「表意時」的探討

一、〈說時・音樂時〉之「表意時」的定義

「表意時。音樂之為用，在以樂意表感情。節奏有規則，固能悅耳，而於表高尚或深遠之情意則尚不足。於是有拍率之增減，以表樂意分合斷續，與夫感情之抑揚。」〔註88〕，由此可知，在具備「比較時」與「實奏時」之下，還須具有「表意時」才算完備。因固定的拍率固然能規範整部樂曲的節拍，但對於更為深遠的情意，在制式化的節拍下，未必能盡情地詮釋個人的情感及音樂

〔註87〕參見楊沛仁著：《音樂史與欣賞》，附錄2專有名詞，「利用音樂的方式，去描寫出自然界的聲音或刻畫出歌詞文字上的含意，同word-painting。」，頁487。參見洪萬隆總編輯：《黎明音樂辭典》，指「word-painting」為「文字著色」，「文字著色是文藝復興末期與巴洛克時期主要的音樂風格之一。不過在整個音樂史上，並不乏『文字著色』的作品。『文字著色』風格所要掌握的關鍵乃在於歌詞或文字敘述的意念所要描述的與音樂某些特色之間的關聯。舉個最簡單的例子，描寫音樂作品中所出現的鳥叫聲、雷聲、嘆息聲以及哭泣聲等都是仿效出來的。同樣的，高音、低音、上行、下行音階、宏大、輕柔的聲音、快速、緩慢也都各自有它們抽象的意義，也可以拿來表示具有某些抽象意義的東西。」，頁2477～頁2478。

〔註88〕參見趙如蘭編：《趙元任音樂論文集》，〈說時（節選）〉，頁98。

所要表達的內涵。因此，趙先生再提出「拍率的增減」有六種方式，依次包括漸緩（ritardando 或 rallentando 簡寫 rit 或 rall）〔註 89〕、漸速（accelerando 簡寫 accel.）〔註 90〕、較緩（ritenwto 簡寫 riten）〔註 91〕、較速（Piumosso）〔註 92〕、隨意時（rubato）〔註 93〕、延長音（英文 Pause）〔註 94〕等變率。若曲中的變率演奏完畢後，欲恢復原來的拍率演奏，則以「原拍」（a tempo）〔註 95〕號表之。爾後，趙先生則分別對上述的幾項拍率，加以說明之。

關於趙先生對「漸緩」、「漸速」、「較緩」、「較速」的提出，如下：「大凡感情深摯處，或在樂意於句讀中或全譜中重要處，或音調（melody）〔註 96〕與諧音（harmony）〔註 97〕精緻處，則奏時較緩。」〔註 98〕，既是樂曲中足以發揮情感之處，全曲及樂句的重要地方，或是曲調與諧音的發揮所在，則演奏時較為緩慢，因此，它的用意在於凸顯作曲者所欲表達曲子的特點所在。再者，「『漸速』變率不若『漸緩』用途之廣，因速則輕而有減聽者精神注意之勢。惟在增加強度之時，若同時又略增其拍率，則可助其加強之勢力。」〔註 99〕，此段之語，即在區分「漸速」與「漸緩」的不同，依據日常經驗，「漸緩」能

〔註 89〕參見國立編譯館編訂：《音樂名詞・詞語篇》，稱「ritardando」作「漸慢」，頁 49。

〔註 90〕參見國立編譯館編訂：《音樂名詞・詞語篇》，稱「accelerando」作「漸快」，頁 1。

〔註 91〕參見國立編譯館編訂：《音樂名詞・詞語篇》，稱「ritenuto」與「ritardando」作「漸慢」，頁 49。

〔註 92〕參見國立編譯館編訂：《音樂名詞・詞語篇》，稱「piu mosso」作「速度轉快」，頁 44。

〔註 93〕參見國立編譯館編訂：《音樂名詞・詞語篇》，稱「rubato」作「彈性速度」，頁 49。

〔註 94〕參見國立編譯館編訂：《音樂名詞・詞語篇》，稱「pause」作「停留記號」，頁 43。參見康謳著：《大陸音樂辭典》，則稱「pause」作「停留；延長記號」之意，頁 919。

〔註 95〕參見康謳著：《大陸音樂辭典》，稱「a tempo」（義）為「還原速度」的意思，頁 83。

〔註 96〕參見國立編譯館編訂：《音樂名詞・詞語篇》，稱「melody」作「曲調」，頁 34。

〔註 97〕參見國立編譯館編訂：《音樂名詞》，趙先生在這裡將「諧音」作「harmony」，《音樂名詞・詞語篇》的「harmony」，中文意義為「和聲學」，頁 26。參見康謳著：《大陸音樂辭典》，「一種音樂作品的和絃（垂直的）組織，和對位的旋律（水平）組織相反。主宰十八及十九世紀的和聲原理，可在和聲分析中得到解釋。」，頁 499～頁 500。

〔註 98〕參見趙如蘭編：《趙元任音樂論文集》，〈說時（節選）〉，頁 99。

〔註 99〕參見趙如蘭編：《趙元任音樂論文集》，〈說時（節選）〉，頁 99。

讓聽者從快速之中，拿捏分寸及集中注意力；「漸速」則從增快的拍率中，再配合強度的增加，而有加強氣勢的效果。況且，「待既過極點（Climax）而又復漸緩其拍率，則前後二部相對相應，而美效以彰。」〔註 100〕，因此，藉由音樂旋律的流動，配以表情的彈性收放，便能形成曲子兩相呼應的效果。之所以為此，除為原創者之本意外，演奏者對於曲中速度的拿捏，也與他個人對於音樂的體會，所流露的情感收放為何，密切相關。另外，「『較緩』『較速』皆由一種拍率驟換至他率之謂。在同一段樂譜之內，其用不若『漸緩』與『漸速』之廣；大概一段既畢，再入他段含有新題意（theme）〔註 101〕者，方用此等驟變拍率也。」〔註 102〕，「漸緩」、「漸速」、「較緩」、「較速」皆是拍率變換的表示，但前二者所用較廣，在樂譜中隨時可依樂曲的表現加以運用而善加變化；後二者則出現在段落結束，再繼續銜接它段之新題，以表示拍率的變化。因此，這四項的提出，實有助於演奏者對於曲子內涵的詮釋，也藉此表情記號，注入了演奏者自身更為豐富的個人情感與曲折變化。

二、〈秋鐘〉樂曲情感與字調情感的掌握

關於「表意時」的部分，尚包含對「隨意時」及「延長時」的提出。「隨意時者，並非曰可任意從事，不顧作者本意，而可混亂音符之長短也。」〔註 103〕，此段所述的隨意，本非任意從事，而是指後來的詮釋者將音樂賦予新意，以個人的表達方式表現出更多個人的情感因素，採用此法的用意有二，「一、欲免乒乒乓乓節拍之太呆板，故可視樂意之性質，於各拍上可微微損益其長短，以加興趣；二、有時則因著者之樂意若用平常音符詳書之則太繁複，於是寧書之過簡而上注『隨意』，令奏者自上下文可認出其本意。」〔註 104〕，因此，

〔註 100〕參見趙如蘭編：《趙元任音樂論文集》，〈說時（節選）〉，頁 99。趙先生此處的「極點」（Climax），是指「高潮點」的意思，參見張錦鴻著：《作曲法》，「曲調固然要完整，同時又要它能動人，所以一個曲調往往有一個頂點（Climax）（或稱「高潮點」）。一個曲調的頂點，多由曲調中的最高音作成，而這最高音的位置，大多在整個曲調的最後三分之一部分內（即在全曲的三分之二以後）為適當。（一個曲調的頂點，自然不祇是最高音才能作成的，它還得靠種種要素——如和聲或種種發展方法——所造成的高潮氣氛為背景）。」，（台北：天同出版社，？年），頁 136。

〔註 101〕參見國立編譯館編訂：《音樂名詞．詞語篇》，頁 58。

〔註 102〕參見趙如蘭編：《趙元任音樂論文集》，〈說時（節選）〉，頁 99。

〔註 103〕參見趙如蘭編：《趙元任音樂論文集》，〈說時（節選）〉，頁 99。

〔註 104〕參見趙如蘭編：《趙元任音樂論文集》，〈說時（節選）〉，頁 99。

後人則依據樂曲的需求，而增加曲子的變化及趣味性。況且，作曲者對於樂曲的註記甚為精簡，實欲後人能自由發揮，因此，寧可撰寫精要並註寫「隨意」，讓演奏者依據上下的樂句而辨別詮釋。

最後，論及「延長時」，「延長時大抵施於句之末音，以半圓形中作一點為符號……。其真長或為原時之加半，或其二三倍。然奏時須忌用原長之整倍數，蓋用整倍數，則聽者或疑本有如許拍數，則反失延長時之本意矣。」〔註 105〕，其實，延長的用意在於延續樂句的餘音，延長之處無論是否有旋律，抑或是休止，皆可採用。此外，也從時間的延長中，幫助演奏者及聆聽者對於樂句的領會與貫通，以達樂曲一氣呵成的效果。如譜例八〔註 106〕：

況且，詩文「鐘聲也斷了」一句，在銜接至「耳朵裏還像似有屑屑屑屑」之間，雖說鐘聲斷了，但其實未必盡然，耳朵裡仍殘存著「屑屑屑屑」的聲響。而音樂的旋律上，則有一小節延長的全休止符，但是伴奏切分音的鐘聲效果，依然繼續地維持著。如譜例九〔註 107〕：

直到「耳朵裏還像似有屑屑屑屑」一段的出現，伴奏才有所顯著的變化。

因此，「鐘聲也斷了」一句後之延長休止，實具有承上啟下的作用存在，既延長了前面樂句的餘韻，還作為以下樂句的前導，亦是詩文的斷句處，所以，在休止延長過後，才進行以下的樂曲。從「耳朵裏還像似有屑屑屑屑」一段詩

〔註 105〕參見趙如蘭編：《趙元任音樂論文集》，〈說時（節選）〉，頁 99～頁 100。
〔註 106〕參見趙元任著：《新詩歌集》，〈秋鐘〉，頁 8～頁 9。
〔註 107〕參見趙元任著：《新詩歌集》，〈秋鐘〉，頁 8～頁 9。

文的語句結構來看，這裡恰是全詩的變化所在，況且，音樂的伴奏也稍作變化（如譜例七），以凸顯延長過後，樂句表現的不同。因此，不論從音樂伴奏的參差錯落，抑或是詩文的結構不同看來，這樣的表現恰達詩樂合一的效果。

但趙先生又論及，延長的休止實忌用原來音長的整倍數來待之，因採用整倍數，反讓欣賞者誤為增加了拍數，那麼延長符號的運用，便喪失本意了。筆者認為，延長的用意在於延續當前的樂韻或詩韻，儘管延長的本身是為音符或休止符，皆可視為演奏者表現個人情感的重要媒介。「延長時」既為表現個人自由的情感處，因此，實不適於增長為原來的整倍數，應以略有些微的彈性視之。

三、〈說時・音樂時〉之「表意時」的弊病

上述道盡了「表意時」的用處，但運用時仍免不了弊病的產生。關於「表意時」的運用，在奏樂時忌於「因節拍之分合極形參差錯雜，奏者不如其應奏之法、或因拍率太快，至略難處，不及奏所應奏，於是隨意奏之，而自稱為『運用表意之自由』。」〔註 108〕，其實，奏者技巧未達熟練之度，皆可能發生上列所述的「不如其應奏之法、或因拍率太快，至略難處，不及奏所應奏。」〔註 109〕，但卻自認為已達到了「表意時」的自由表現，因此，為防範這個流弊的發生，「學者必先練習以嚴格準確之節拍與時率，奏所習之樂。」〔註 110〕，學習者先從最基本的、規則的節拍及時率來演奏，有此奠基後，才能更進一層地詮釋樂曲而作變化，所以，此處作者又說道「既能作此而無瑕疵，然後可視樂意性質之不同，而損益各部之拍率以表之。」〔註 111〕，況且，「蓋樂意所需之適當拍率與奏之之難易全不相關。」〔註 112〕，就如「有時在速拍時雖過多數十六分音符而仍應格外加速者，有時至句尾一二長音而仍須特別緩奏者，不得因貪懶而踟躕於前者，或因性燥而倉卒於後也。」〔註 113〕，由此可知，節拍複雜的未必緩慢，節拍簡單的則未必加速，加速與緩慢的與否，實依樂意的需要而決定，儘管欲從樂曲中表達個人情意，但仍不可失其應有的規範。

〔註 108〕參見趙如蘭編：《趙元任音樂論文集》，〈說時（節選）〉，頁 100。
〔註 109〕參見趙如蘭編：《趙元任音樂論文集・訪談趙元任兼談詞曲的配合》，頁 100。
〔註 110〕參見趙如蘭編：《趙元任音樂論文集・訪談趙元任兼談詞曲的配合》，頁 100。
〔註 111〕參見趙如蘭編：《趙元任音樂論文集・訪談趙元任兼談詞曲的配合》，頁 100。
〔註 112〕參見趙如蘭編：《趙元任音樂論文集・訪談趙元任兼談詞曲的配合》，頁 100。
〔註 113〕參見趙如蘭編：《趙元任音樂論文集・訪談趙元任兼談詞曲的配合》，頁 100。

此外，「表意時」的另一項通病，則是「作樂者雖能按時奏演，然以自信其所見不凡，輒獨斷而任意定拍率之增減。」〔註 114〕，演奏者雖能依樂譜演奏，但過於自信、專斷地處理拍率之增減，未必能達演奏者的最高境界。「夫奏樂人最高之意志，在能達著樂者所欲達之情意，故奏者必須細心研究樂譜之題名，其中句讀之結構，與章段之佈置，且有時須研究著樂本人之情性與歷史，與其著此樂之原因，然後得奏完美之樂。」〔註 115〕，此段無不所言，演奏者欲能達到最高境，在於能對樂譜的題名、樂句及樂章的分置，熟習研究之。甚至，對於樂曲作者本身的性情及閱歷，樂曲的創作淵源，皆要有所認識。因此，不論從其內緣或創作者的外緣關係來看，熟知貫通後，才能奏得真正完美的樂章。但音樂在趙先生的眼中，仍有不同的分類，對於不同類型的音樂，則以不同的態度處之。他提到「在平常跳舞或進行曲，或坊間小調，固無深意存焉，故無須認真玩研方能奏之得當。然於稍有價值之音樂，則不得僅視為供娛樂之品而可任意處置之也。」〔註 116〕，簡而言之，供娛樂玩興的音樂，則無須認真玩味，但具有價值的音樂，奏者則得須細心研究來看待，達成目標後，便能奏得完美之樂，然趙先生所謂之「價值的音樂」，未有確切的定義，可能僅泛指一些藝術價值較高的樂曲而言。

第六節　結論

這篇〈說時．音樂時〉，最先從樂音的四項特質，導入「比較時」、「實奏時」、「表意時」之論述。「比較時」所提為音樂中的節奏、強度及花音；「實奏時」為音樂的感情表現；「表意時」則論及拍率的增減。筆者認為，這三項「音樂時」，本具有層次的關係，「比較時」屬最初步的奠基；「實奏時」則以前者為基礎，從後天的感知之中，更豐富了與生俱來的規律節拍；既有了先天的節奏性，及後天對旋律動感的認知，便能藉由「表意時」中的六種「拍率增減」，並與「隨意時」及「延長時」，更細膩地處理樂句的段落，以表現個人風格及情感。況且，藉由個人的體會及詮釋的差異，更增添了樂曲的趣味性及變化性。

再者，音樂旋律及詩歌的進行，無不展現原創者的情感流動、風格特質及

〔註 114〕參見趙如蘭編：《趙元任音樂論文集．訪談趙元任兼談詞曲的配合》，頁 100。
〔註 115〕參見趙如蘭編：《趙元任音樂論文集．訪談趙元任兼談詞曲的配合》，頁 100。
〔註 116〕參見趙如蘭編：《趙元任音樂論文集．訪談趙元任兼談詞曲的配合》，頁 100。

背後的元素，但詩文中的句讀，卻與音樂的句讀，所形成的美感不盡相同。因此，趙先生論及，「讀詩有讀詩的味兒，唱歌有唱歌的味兒，而且不是能夠同時並嘗的。」〔註 117〕，況且，「詩唱成歌就得犧牲掉它的一部分的本味。」〔註 118〕，詩文作曲的困難處便在於，不是以文害曲就是以曲害文，因此，音樂與詩歌各有它們的獨立性。此外，從趙元任與青主討論作歌的書信中見得，青主的二段文字恰能對趙先生的音樂與文學觀有所詮釋，「樂必要能夠脫離詩的羈絆，然後才能夠成為一種藝術，一如詩必要不受樂限制，然後才能夠成為一種獨立的藝術一樣。」〔註 119〕，況且，「詩和樂雖然各有它的獨立生命，但是詩和樂卻可以互通消息，並可以交相為用，以不至於戕賊了自己的獨立生命為度。」〔註 120〕，上述說明音樂與詩歌各有它們的藝術性，二者尚能「互通消息」、「交相為用」，二者的關聯性，便以聲音來作為二項藝術的重要媒介。

總歸來說，「比較時」、「實奏時」、「表意時」，本是論及趙先生為處理樂曲的技巧及方法，尚未真正提到文學與音樂在作曲上的關聯性。但實際從樂曲探之，「比較時」雖僅論及音樂的節奏、強度及花音，其實，從詩文的結構看來，詩文同與音樂有節奏及強度輕重的特質，而音樂的花音既裝點了曲中的樂韻，也讓詞曲唱來更有音調美，故二者尚能相互協調搭配；「實奏時」則說明音樂中的表情記號或音樂術語的如何運用，是種音樂動感及情緒的重要表現。再從詩文中的整體意象見得，遑論其中的色彩或明或暗，速度或快或慢，無不與音樂的情感表現有所關聯，交互影響；「表意時」則較前者的「實奏時」，對樂曲作更為細緻地處理，除論及「拍率的增減」外，再由「隨意時」與「延長時」的多作變化下，並與詩韻本有的停頓或連結處，相互搭配後，更能自由地、彈性地發揮個人情感，以表現樂曲中的重要意涵，但是，對於樂譜及作曲者的認識也不可輕忽，得須從內外緣的關係深入了解，才足以演奏完美的樂章。

因此，「音樂時」中的音樂要素，再與曲中的詩詞搭配中，便能見得音樂中實有文學的敘述性，詩歌中亦有音樂的節奏美及音調美等特質。故若能掌握音樂與文學二者的共鳴點，無論從音樂的前奏導入正曲，抑或從詩歌導入音樂。在詩樂全曲的交互相應下，以聲寫景、以景抒情，便能與作曲作詞者產生相近的美感與愉悅之情，亦能從中獲得別有滋味的心靈感動。

〔註 117〕參見趙如蘭編：《趙元任音樂論文集》，〈討論作歌的兩封公開的信〉，頁 56。
〔註 118〕參見趙如蘭編：《趙元任音樂論文集》，〈討論作歌的兩封公開的信〉，頁 56。
〔註 119〕參見趙如蘭編：《趙元任音樂論文集》，〈討論作歌的兩封公開的信〉，頁 60。
〔註 120〕參見趙如蘭編：《趙元任音樂論文集》，〈討論作歌的兩封公開的信〉，頁 60。

第三章　趙元任對中國傳統詩歌吟唱的傳承與運用——以《新詩歌集・瓶花》為例

第一節　前言

詩歌吟唱是中國歷來重要的傳統藝術，它既能展現詩歌文學中涵意深厚的「辭情」，也能藉由詩韻的「聲情」，掌握文學情感的收放。趙先生以為，「吟詩」是指順著語言的聲調與語調，盡情地將字句唱出〔註1〕；「吟誦」則是根據字的聲調即興創曲，曲中每個音的調值並非完全固定，它是採以較自由且即興的方式自然表達〔註2〕；至於「吟唱」是指吟唱者選用不同的曲調來吟唱，它表現的風格本有所不同，而其選材則可依循自身的音律特徵與詩文內容，來選擇與它匹配的同類曲調，但不限其一，可能同一詩歌能搭配數曲，亦可能同一曲調有數首詩歌配之〔註3〕。

本章擬先根據趙先生的論著，從四個方面來談他對傳統詩歌吟唱的傳承與

〔註 1〕參見趙如蘭編：《趙元任音樂論文集》，〈《新詩歌集》文字部分・吟跟唱〉，頁107。

〔註 2〕參見趙如蘭編：《趙元任音樂論文集》，〈中國語言裡的聲調、語調、唱讀、吟詩、韻白、依聲調作曲和不依聲調作曲〉，頁5、頁8。

〔註 3〕參見趙如蘭編：《趙元任音樂論文集》，〈《新詩歌集》文字部分・吟跟唱〉，頁107。

運用〔註4〕。第一，「平仄長短與樂調高低的安排」，吟唱者可依循詞句的位置以及意境的內容，藉由「平仄」長短的變化，展露中國詩歌的節奏美與韻律美。第二，「調值音高與吟唱曲調的運用」，它的音高變化，本是字音集合組成的結果，它們影響著詩歌作品的聲情，以及參差錯落的差異，因此，藉由聲調、語調長短及高低音的配置，可以產生詩詞的音調美。第三，「情感強度與詩歌意境的掌握」，本是藉由詩詞音調與音樂曲調來展現不同的情感。而詩詞句式的分段落點，尚可辨別輕重音的所在，因此，輕重音的變化亦有助於詩歌情感的表達。尤其是具有特殊意義的詩詞及句末韻腳，宜特別強調重音，或拉長尾音來表現強度，故而這便與情感強度的掌握有著密切地關聯。第四，「用韻音色與情境氣氛的把握」，有助於詩歌的聲情變化。因用韻若能在內容及題旨之間，適當地密切配合，便能使詩歌更能表達美好的聲響音質，所以，古人與今人創作詩歌，無不依詩詞本身的內容來選韻作詩，使得詩歌用韻與詞，能達到相互輝映的效果。

其次，再從趙先生作曲的音樂作品來看，筆者認為，趙先生的《新詩歌集·瓶花》曲，前部的吟唱內容取材於范成大七絕的〈春來風雨無一日好晴因賦瓶花〉組詩之一，不論從平仄長短、調值音高、情感強度與用韻音色等各方面來談，皆是詩歌吟唱理論的重要實踐。這首作品在吟唱的表現上，著重在吟唱者的發揮，音樂的伴奏僅是種意境的引導與詩境的陪襯；後部的歌詞則為胡適的新詩，新詩的內容意境與前部的七絕詩，互為呼應，尤其是詩的字數及句式較為自由，不論在主旋律或是鋼琴伴奏上，皆能依循著西方的曲式設計來自由創作，故而本章特就趙先生《新詩歌集·瓶花》曲，來作為他對中國傳統詩歌吟唱研究的重要例證。

第二節　平仄長短與樂音高低的安排

自古以來，詩詞吟唱是運用著平仄音的長短配置，讓詩詞得以產生不同的節奏美與韻律美。所以，吟唱古詩詞時，平仄格律的安排，便關係著詩詞各體的形成。其中，平聲字音長而舒緩，仄聲字則音短而急促，尤以入聲更甚。因

〔註4〕參見趙如蘭編：《趙元任音樂論文集》，〈中國語言裡的聲調、語調、唱讀、吟詩、韻白、依聲調作曲和不依聲調作曲〉，頁1～頁13；〈中國音韻裡的規範問題〉，頁14～頁18；〈常州吟詩的樂調十七例〉，頁31～頁42；〈《新詩歌集》文字部分·吟跟唱〉，頁105～頁110。參見趙元任著：《新詩歌集》，〈聽雨〉，頁7；〈瓶花〉，頁23～頁25。

此，此處平仄音值的「長短」，實與詩詞的聲音長短密切相關。

一、趙氏歌詞與曲調的搭配

趙先生在這個基礎上，論及作曲與歌詞的搭配時以為，應注重平仄格律與音樂曲調的安排，「作曲家們有一個公認的處理歌詞聲調的規則就是按照傳統的分法，把聲調歸納成平仄兩大類，這樣凡是遇到平聲字旋律就比較長一點的音或是略為下降的幾個音。凡是遇到仄聲字的時候，旋律上就用比較短也比較高的音，或是變動很快、跳躍很大的音。」〔註5〕，趙先生也認同把聲調歸納成平仄兩大類，他在音樂歌詞的處理上，是以近乎「中州派」的作法來配曲〔註6〕，遇到平聲字時，樂曲的旋律就搭配較長一點或略為下降的音，若遇仄聲字時，旋律就採用較短且較高的音，這種配曲的方式，也就成為趙先生經常採用的搭配方法。

二、〈瓶花〉七絕平仄的安排

今以趙先生〈瓶花〉曲的吟唱部分來看，取材於范成大的〈春來風雨無一日好晴因賦瓶花〉組詩之一，是為仄起式首句入韻的七絕，詩的原文為「滿插瓶花罷出遊，莫將攀折為花愁。不知燭照香薰看，何似風吹雨打休。」〔註7〕，韻腳有「遊」、「愁」、「休」三字，押下平「尤」韻〔註8〕。而各句平仄是，首句為「仄仄平平仄仄平」；第二句為「仄平平仄仄平平」，一二句對聯的二、四、六字，平仄均相對；第三句則為「仄平仄仄平平仄」，故第二句與第三句的二、四、六字，恰為平粘平、仄粘仄；末句為「平仄平平仄仄平」。因此，三四句對聯的二、四、六字則恰為平仄相對。這樣的規律，實符合近體詩聯與粘的規

〔註5〕參見趙如蘭編：《趙元任音樂論文集》，〈中國語言裡的聲調、語調、唱讀、吟詩、韻白、依聲調作曲和不依聲調作曲〉，頁11。

〔註6〕參見趙如蘭編：《趙元任音樂論文集》，〈中國音韻裡的規範問題〉，「關於字調與樂調的配合有三派作法。一是近乎中州派，平聲向下或比上一字較下，仄聲向上或比上一字較上。我作曲多半是這樣的。二是國音派，大致跟著陰陽上去的高揚起降。我偶爾用這種配調法，例如我在抗戰時期編的《糊塗老，糊塗老，一生糊塗真可笑》的曲，差不多跟說話一樣。第三派是完全不管四聲，例如李惟寧的歌曲是這樣的。」，頁18。

〔註7〕參見（清）吳之振、呂留良、吳自牧編選：《宋詩鈔·石湖詩集·春來風雨無一日好晴因賦瓶花》二絕，（北京：中華書局，1986年），頁1798。

〔註8〕參見（宋）陳彭年重修、（民）林尹校訂：《新校正切宋本廣韻》，（台北：黎明文化事業股份有限公司，1996年11月），頁202、204、209。

則，同中有異，異中有同，使得全詩的節奏讀來，有種錯綜變化，迴環往復之美。由上述可知，此段的吟誦大致是依照詩中的語言節奏和句法結構來進行，尤其每遇「韻腳」時，即得延聲拉長，讓音韻達成和諧的效果，以便吟誦者於數句之中有所停歇。

三、〈瓶花〉七絕平仄與音樂曲調的配置

從音樂的觀點看〈瓶花〉前部的七絕，一般來說，「吟誦若遇平聲字則讀低一點、長一點；仄聲字一般讀得高一點、短一點。」〔註9〕，此為今人陳少松先生所提出的吟誦論點，似乎與先前趙先生所提的作曲家們論及處理音樂歌詞聲調的規則不謀而合，儘管前者所述僅指「吟誦」來說，但在趙先生的吟詩樂譜中，仍與新詩樂譜（如〈秋鐘〉）一般，皆不受歌詞平仄的拘束，如「滿插瓶花罷出遊」的「花」及「遊」字，是為平聲字，音長雖已拉長，但它的樂音調值在整首詩的吟誦來說，未必較低，音域甚至高至「f^2」、「e^2」音，最後才停留在「d^2」，如譜例一〔註10〕：

又如「不知燭照香薰看」的「照」、「看」字，是為仄聲字，樂音調值已拉高，並以十六分音符及滑音來作花音般的轉折，且音長二拍多至三拍，因此，未必較前例的平聲字短，如譜例二〔註11〕：

此外，「如果一個入聲字後面不馬上接著有別的字，它就有聲門閉鎖音收尾，如果下面馬上接下去，那麼這入聲字就特別短就是了。」〔註12〕，趙先生從這

〔註9〕參見陳少松著：《古詩詞文吟誦》，（北京：社會科學文獻出版社，1999年10月），頁40。

〔註10〕參見趙元任著：《新詩歌集》，〈瓶花〉，頁23。

〔註11〕參見趙元任著：《新詩歌集》，〈瓶花〉，頁23。

〔註12〕參見趙如蘭編：《趙元任音樂論文集》，〈中國語言裡的聲調、語調、唱讀、吟詩、韻白、依聲調作曲和不依聲調作曲〉，頁6～頁7。

段文字的聲調與平仄兩類中，抽出仄聲調的入聲部分來談。但也有變例，如趙先生所言，「其實有時吟誦也可以把這種入聲字略為拉長一點。」〔註13〕，以〈瓶花〉曲中的吟唱部分為例，「滿」及「插」字本為相鄰的仄聲字，前為「去聲」，後為「入聲」，二字的後面又接續「瓶花」二平聲字，因而吟唱時將「滿」字的音長（一拍半）拉長至「插」字音長（半拍）的二倍長度，而後面與「插」字所接續的「瓶」字，則較「插」字的音長多了一倍（一拍），使得入聲的「插」字於吟唱曲譜中，確實較緊接前後的去聲字與平聲字，音長短少，如譜例一。詩中「燭」與「照」字，亦為相鄰的仄聲字，前為「入聲」，後為「去聲」，與前述的「滿」與「插」字之例比較得出，「滿」與「插」二字音長，是為前長後短，此處的「燭」與「照」則為前短後長，又「燭」之前的平聲「知」字，則為兩拍的音長。因此，二處吟唱音樂的處理，頗為相似。

此外，筆者認為，尚有另一項因素，決定著「滿」與「插」二字的音長，由於「滿」與「插」是七言之首，因此，為便於引起注意，特將「滿」字拉長，又使「插」字略短，以此凸顯二字的差異。至於「燭」與「照」在七言句中，將二字合併成詞組後，為強調語詞的末字，「照」字的音長（二拍）便較前者「燭」字音長（一拍），多出一倍。因此，詩詞中的平仄聲調，實決定了吟唱調子的音長變化，但單從這方面言之則過於狹隘，吟唱者尚可依據詞句的位置，以及意境的內容，來選擇音長的長短變化，以表現中國固有的語言特色。

由上述所舉的〈瓶花〉詩二段可以見得，本是遵循著平聲字音值長，仄聲字音值短的規範來進行，因此，可將之視為正例。但遇變例時刻意將仄聲字的音長拉長倒也無妨，如趙先生於文中所舉的例證，譜例三〔註14〕：

〔註13〕參見趙如蘭編：《趙元任音樂論文集》，〈中國語言裡的聲調、語調、唱讀、吟詩、韻白、依聲調作曲和不依聲調作曲〉，頁6～頁7。

〔註14〕參見趙如蘭編：《趙元任音樂論文集》，〈中國語言裡的聲調、語調、唱讀、吟詩、韻白、依聲調作曲和不依聲調作曲〉，頁7。

李白的〈靜夜思〉詩出現二個入聲「月」字（以方言讀之，屬於入聲字），前面的「月」字，它的音長時值未與他字有所不同，但後面的句尾「月」字則明顯較為拉長。因此，後者的句末「月」字，便是將仄聲字之音長刻意加長。

四、小結

上述所論是趙先生從詩詞的平仄長短，來處理音樂曲調高低的說明，即平聲字音長稍長，音高略低；仄聲字音長較短，音高略高；遇變例時，亦可將仄聲字音長拉長。至於趙先生在論述作曲與歌詞的搭配時，倒未明確地指出，他所遵照的傳統分法，究竟是適用於一般樂曲，抑或是吟詩的曲調。筆者認為，無論是一般樂曲或吟詩曲調，甚或皮簧梆子〔註 15〕，他在音樂上的歌詞譜曲，皆不脫離語言上平聲與仄聲字音長及音高的影響。況且，在趙先生的新詩樂譜中，甚或吟詩的樂譜實例中見得，皆未必完全按照傳統處理樂曲的方法，而採以較適性地表現音樂美的方式，來表現音樂的意境。換言之，趙先生實非絕對依照古法來進行配曲，尚依個人喜好以及樂曲的趣味而作變化。

第三節　調值音高與吟唱曲調的搭配

其次，從語言學中的調值「音高」來看詩詞（此處的「音高」是指聲調的高低、語調的變化），且與前章的平仄「音長」，相互配合來作探討。再者，無論「音長」作平仄兩類，或作平、上、去、入四聲，其實皆影響著文學作品的聲情變化。

明代釋真空《新編篇韻貫珠集‧類聚雜法歌訣第八‧訐四聲》：「平聲平道莫低昂，上聲高呼猛烈強，去聲分明哀遠道，入聲短促急收藏。」〔註 16〕，為古代四聲的概括說明，內容雖無確切地點明時間，是指當時的口語四聲，抑或是對古代四聲發音特點的整理說明。但其中所談的無非是平上去入四聲調值

〔註 15〕參見趙如蘭編：《趙元任音樂論文集》，〈《新詩歌集》文字部分‧吟跟唱〉，趙先生提到中國的皮簧梆子時，也說道「這一齣西皮戲調兒跟那一齣西皮戲調兒不同的地方就是因為詞句的長短跟平仄的不同而發生的不同。」，因此，詞句的長短與平仄，便決定了西皮戲曲調的不同，頁 107。

〔註 16〕參見（明）釋真空撰：《新編篇韻貫珠集‧類聚雜法歌訣第八‧訐四聲》，採自《四庫全書存目叢書‧經部二一三》，（台南：莊嚴文化事業有限公司，1997 年 2 月），頁經 231～531。

的聲情變化，又是古代某時期四聲調值音高特色的顯現。這種運用於歌詞之內的字音四聲變化，不再只是詩詞的外貌而已，對於字句中的聲調、語調音高變化，即數個字音集合組成的結果，也能產生聲情的變化，而有參差錯落的差異。因此，藉由聲調、語調長短及其高低音的配置，便可形成詩詞的節奏美與韻律美。

一、趙氏歌詞調值音高與方言聲調的關聯性

至於趙先生對於調值問題的探討，可從作曲的部分來談，因歌詞與樂曲的搭配，實與字音的聲調與語調有所關聯。而「聲調」與「語調」究竟所指為何，在趙先生看來，他認為中國語言本具有「聲調」，語言中的每個詞素是由一定的音位組織而成，而且音位的音高模式也是固定的。多數的中國字只有一個聲調，且是重讀，但有些字有時是重讀，有時則非重讀〔註17〕。況且，字的「聲調」中，其實也包含了「語調」，但若從一個字的聲調中找到富有表現的語調時，「語調」便是獨立於「聲調」，因此，二者不可混淆。然而，在中文裡，實際音高的進行，多半是聲調與語調的結合，所以，它們實關係著語言中的各種表現因素〔註18〕。

他提及「作曲時如果要考慮配不配聲調，還得考慮是配普通話的聲調，還是某一個其他方言聲調。」〔註19〕，因此，歌詞與樂曲的搭配，仍須注重究竟為何種方言的聲調，況且，各處的樂音調值可分為古詩、律詩兩派，因二者之音高、吟唱速度、節拍與調子各有差異〔註20〕，並且二派的調值雖與日常讀字的調值相近，但卻不盡相同〔註21〕，以《新詩歌集・瓶花》為例，它的曲調即採吟誦唐詩七言絕句的方式來進行；《新詩歌集・聽雨》的音樂曲調，則是常州吟古詩的調而加以擴充〔註22〕。一般來說，「古詩唸的低，律詩唸的高。雖

〔註17〕參見趙如蘭編：《趙元任音樂論文集》，〈中國語言裡的聲調、語調、唱讀、吟詩、韻白、依聲調作曲和不依聲調作曲〉，非重讀的情形，稱之為無調形式，趙先生亦作輕聲調，它的實際音高得依上下文的聲調環境而定，頁1～頁2。

〔註18〕參見趙如蘭編：《趙元任音樂論文集》，〈中國語言裡的聲調、語調、唱讀、吟詩、韻白、依聲調作曲和不依聲調作曲〉，頁3。

〔註19〕參見趙如蘭編：《趙元任音樂論文集》，〈中國語言裡的聲調、語調、唱讀、吟詩、韻白、依聲調作曲和不依聲調作曲〉，頁10。

〔註20〕參見趙如蘭編：《趙元任音樂論文集》，〈常州吟詩的樂調十七例〉，頁35。

〔註21〕參見趙如蘭編：《趙元任音樂論文集》，〈常州吟詩的樂調十七例〉，頁31。

〔註22〕參見趙如蘭編：《趙元任音樂論文集》，〈《新詩歌集》文字部分・歌注〉，頁133。

然所記的不是絕對的音高，但平均唸起來，是有明顯的高低的差別。」〔註23〕，以下即從吟誦、吟唱與唱讀等三方面，來探討聲調與語調於不同手法的表現方式中，所應發揮的作用究竟為何。

二、吟詩吟文與聲調語調的關係

關於詩詞的吟誦，趙先生於論文集中多有提及，「所謂吟詩吟文，就是俗話所謂嘆詩嘆文章，就是拉起嗓子來把字句都唱出來，而不用說話時或讀單字時的語調。」〔註24〕，趙先生簡要地界定了何謂「吟詩吟文」，這種語言風格無非是強調聲調與語調的運用，吟唱時須拉起嗓子，順著語言的聲調與語調盡情地將字句唱出，因此，有別於說話時或讀單字時的平淡，以及高低抑揚不顯的語調。

三、吟誦與聲調語調的關係

次談吟誦，趙先生以為，「吟誦是大致根據字的聲調來即興的創一個曲調而不是嚴格的照著聲調來產生出一個絲毫不變的曲調來。」〔註25〕，同時，「吟詩基本上是根據文字的聲調而定，但是也並不是每個音都完全就這麼固定了的。」〔註26〕，由此可見，吟誦曲調實非完全依照字的聲調，產生一成不變的曲調而來。再者，每個音的聲音調值也並非完全固定，因此，若要表現，僅要大致依據字的聲調，採以較自由且即興的方式表達即可。

而趙先生在論及「語調」時說道，「如果一個整句子語調上升時又用了一個上升調的字，其結果就會比通常的聲調更高。如果一個下降的句子的語調用了一個上升的聲調的字，升調就上升得比較有限。」〔註27〕，因此，句子語調的上升，以及上聲調的字，相互配合下，便有助於聲調的上揚。但若為一下降語調的句子，又合之一上升調的字，此升調便有所侷限。至於吟誦的運用大致也依循著前述的規律來進行。況且，「每一篇文字雖然有它固定的一套聲調，

〔註23〕參見趙如蘭編：《趙元任音樂論文集》，〈常州吟詩的樂調十七例〉，頁35。

〔註24〕參見趙如蘭編：《趙元任音樂論文集．訪談趙元任兼談詞曲的配合》，頁105。

〔註25〕參見趙如蘭編：《趙元任音樂論文集》，〈中國語言裡的聲調、語調、唱讀、吟詩、韻白、依聲調作曲和不依聲調作曲〉，頁8。

〔註26〕參見趙如蘭編：《趙元任音樂論文集》，〈中國語言裡的聲調、語調、唱讀、吟詩、韻白、依聲調作曲和不依聲調作曲〉，頁5。

〔註27〕參見趙如蘭編：《趙元任音樂論文集》，〈中國語言裡的聲調、語調、唱讀、吟詩、韻白、依聲調作曲和不依聲調作曲〉，頁3。

吟誦的人每次把它配上同一總調，多多少少老是會有些小出入的。這種吟詩的技巧每一個人只要是聽多了，有了練習也就漸漸的學會了即興的吟唱出來了。這些小出入他並不在乎，也不是能夠控制得了的。」〔註28〕，因此，儘管吟誦者每次吟唱皆配上同一曲調，未必次次精準，但對於這些小出入，倒也無須掛慮，僅要多加吟唱並熟練曲調，便能學得其中的技巧。

四、吟唱與聲調語調的關係

再從「吟唱」來探討，趙先生提及「吟跟唱兩樣事情比較起來，有兩點可以注意的：1.從一段詩文上看起來，吟詩沒有唱歌那末固定。……2.從詩歌的全體看起來吶，那就唱歌反而不及吟詩那末固定了。吟調兒是一個調兒概括攏總的同類的東西，連人家還沒有寫的詩文，已經有現成的這個調兒攏在這兒可以用來吟它了。」〔註29〕，趙先生之所以認為吟詩與唱歌不同，主要原因有二，其一，「從一段詩文上看起來，吟詩沒有唱歌那末固定。」〔註30〕，其二，「從詩歌的全體看起來吶，那就唱歌反而不及吟詩那末固定了。」〔註31〕，筆者以為，趙先生實已排除了音樂曲調因地域的差異所產生的變化，純粹從吟誦的角度言及吟詩與唱歌的不同。即使配上同一曲調來吟詩，終究還是有所出入，未必精準，因此，「吟詩沒有唱歌那末固定。」〔註32〕，由於調子的形成，源自於舊時民間的傳唱，在詩文未完成前調子早已存有，況且，不同的音樂曲調本有著不同的特質，或慷慨激昂，或沉鬱悲涼，或輕柔委婉，或平和舒緩。因此，吟唱者選用不同的曲調來吟唱，它的表現風格便有所不同。

此外，關於詩歌吟唱的選材，趙先生提到，「這個歌是這個調兒，那個歌是那個調兒；惟其每個歌詞要有它的固定的合乎它的個性的歌調兒，所以歌調

〔註28〕參見趙如蘭編：《趙元任音樂論文集》，〈中國語言裡的聲調、語調、唱讀、吟詩、韻白、依聲調作曲和不依聲調作曲〉，頁5。

〔註29〕參見趙如蘭編：《趙元任音樂論文集》，〈《新詩歌集》文字部分．吟跟唱〉，頁107。

〔註30〕參見趙如蘭編：《趙元任音樂論文集》，〈《新詩歌集》文字部分．吟跟唱〉，頁107。

〔註31〕參見趙如蘭編：《趙元任音樂論文集》，〈《新詩歌集》文字部分．吟跟唱〉，頁107。

〔註32〕參見趙如蘭編：《趙元任音樂論文集》，〈《新詩歌集》文字部分．吟跟唱〉，頁107。

兒這東西在詩歌的全體中便是一個歌歌不同而不能固定的活東西。」〔註 33〕，因此，詩歌吟唱的選材，一般來說，亦依循著自身的音律特徵與詩文內容，來選擇與它匹配的同類曲調，但不限其一，可能同一詩歌能搭配數曲，亦可能同一曲調有數首詩歌配之，故趙先生談到「歌不同而不能固定的活東西。」〔註 34〕，以及「唱歌反而不及吟詩那末固定了。」〔註 35〕，所以，歌曲樂調的選擇與詩詞的內容，無不牽繫著吟唱曲調的變化。

一般來說，吟唱曲譜的來源，今人歸納大致可分為三方面，其一是依據古代所流傳的古譜；其二依據民間詩社所傳唱的曲調，再從傳唱的聲調音高來記譜；其三是現代作曲家為古詩所做的曲調，這種方式倒也能保有民族詩樂的韻味〔註 36〕。況且，中國的唱素，自古以來，多為口傳心授；明清之後，舉凡歌曲、樂曲、戲曲，開始大量運用工尺譜來記載音樂曲調。因此，自明清兩代運用工尺譜記載唱曲後，開始便於流傳，但實際的唱法，卻因各地方言的不同聲調而有所差異，吟唱也隨之產生不同的變化。

至於〈瓶花〉的吟唱調子是採用前述的第三種方式吟唱，即在傳統吟唱調子的基礎上另編新調〔註 37〕。筆者認為，這些曲譜的記載，儘管來源不同，但無非為便於傳唱而作。況且，趙先生既身為現代作曲家，他的作曲尚能保有民族詩樂的韻味，實為罕見。再者，由於「吟誦」本是種即興的表現方式，應為吟唱者自由地發揮而表現詩境的內涵，實不宜將「吟誦」定調譜曲來「吟唱」。因為，受限於固定的音樂曲調，易讓吟唱者無法真實地表現自我情感，以展現中國的「吟唱」藝術。況且，後來的吟唱者與作詩作曲的原創者之創作情境與心境，也未必一致。因此，一旦受限於固定的音樂曲調，所能發揮的藝術表現，便必然有所侷限。

〔註 33〕參見趙如蘭編：《趙元任音樂論文集》，〈《新詩歌集》文字部分．吟跟唱〉，頁 107。

〔註 34〕參見趙如蘭編：《趙元任音樂論文集》，〈《新詩歌集》文字部分．吟跟唱〉，頁 107。

〔註 35〕參見趙如蘭編：《趙元任音樂論文集》，〈《新詩歌集》文字部分．吟跟唱〉，頁 107。

〔註 36〕參見邱燮友著：《品味吟詩》，（台北：東大圖書公司，1989 年 6 月），頁 8～頁 13。

〔註 37〕參見趙如蘭編：《趙元任音樂論文集》，〈《新詩歌集》文字部分．吟跟唱〉，「瓶花起頭『滿插瓶花罷出游』那四句的調兒給一個外國的音樂家聽，他很難聽出來還是一個中國人在二十世紀新編的調兒還是說不定幾百年前早就有的一個老調兒」，頁 106。

五、其他與聲調語調有關的傳統藝術

趙先生提及與聲調、語調及曲調相關的中國傳統藝術，尚有「唱讀」、「韻白」及「崑曲」三種。關於「唱讀」，它不同於「吟唱」，雖也屬於語言風格的一種，但它並非是聲調與語調的合成，而是介於一般語言與音樂旋律歌唱之間的產物，它的主要特點是「根據語詞的音位的聲調上，用一種固定的方式說話。」〔註38〕，況且，每個聲調皆有它最飽滿的音值，未必有語調的變化。因此，「唱讀」的表現，實取決於聲調的變化，且各地的方言也影響著唱讀表現的不同〔註39〕。

其次，與「唱讀」相仿而著重在語言的聲調變化者，是「韻白」。它是中國傳統戲劇中富有歌唱及道白的一種表現方式，具有獨特的聲調，但它也不同於吟詩，因為發音未必能從固定的音階上得以指出，反倒較像說話的樣子，聲調滑上滑下的，是種人工且用於舞台上的語言。況且，它的聲調較其他方言的正常說話，字音長短更為一致化些，整體速度較緩，音的響度也較慢些，即使有所改變，也僅是整句中漸輕漸重的改變，並非兩字之間的輕重改變，這種特色其實也備有朗誦體的特點存在〔註40〕。

最後，趙先生論及崑曲時提及，「為特定的自然發聲音節，配置恰當的音樂曲調的藝術，在中國已有相當長的歷史了。」〔註41〕，所謂「特定的自然發聲音節」，正隱含著構成崑曲音樂藝術之必要條件——特定的詞句，特定的腔譜、板拍與調門等要素的組成。從崑曲的聲調來談，聲調可分為平、上、去、入等四聲，入聲保留，尚且還依據各地的方言語調而有所變化。這種音樂藝術尤其在明代萬曆年直至清代的乾隆時期，上自宮廷，下至廣大社會，多以演唱「崑腔」的戲劇為主，因此，「崑曲」的音樂藝術於當時的中國已獲得蓬勃的發展。儘管趙先生未明確地點出，吟唱詩詞的發聲音節，得須配合適當的音樂曲調，其實，「吟唱」的曲調亦如同「崑曲」的音樂曲調那般，先釐清字音調值中所特定的自然發聲音節，爾後，才予以配置適當的音樂曲調來加以表現。

〔註38〕參見趙如蘭編：《趙元任音樂論文集》，〈中國語言裡的聲調、語調、唱讀、吟詩、韻白、依聲調作曲和不依聲調作曲〉，頁3。

〔註39〕參見趙如蘭編：《趙元任音樂論文集》，〈中國語言裡的聲調、語調、唱讀、吟詩、韻白、依聲調作曲和不依聲調作曲〉，頁3～頁4。

〔註40〕參見趙如蘭編：《趙元任音樂論文集》，〈中國語言裡的聲調、語調、唱讀、吟詩、韻白、依聲調作曲和不依聲調作曲〉，頁8～頁9。

〔註41〕參見趙如蘭編：《趙元任音樂論文集》，〈用中文唱歌〉，頁44。

六、小結

總結上述，吟詩吟文、吟誦、吟唱與其他傳統藝術，既為說唱藝術，因而無不與詩詞文的聲調、語調，以及唱曲的音樂有著密切相關。尤其，詞文與樂調配合後的聲情變化所產生的參差錯落，恰為語言與音樂中節奏美與音調美的重要表現。最後，再從〈瓶花〉曲來探討，筆者以為，趙先生實際上對於「吟唱」的配曲，本以詩詞句中的語調、聲調及文學意涵為主，順著語言的音調變化規則來作表現，而音樂的伴奏則扮演著烘托詩境的角色，因此趙先生在〈瓶花〉曲中，吟詩那段的伴奏上，多以和絃及裝飾音，尤其每小節的首拍多以琶音呈現，並且琶音則以「8va--」高八度的方式貫穿其中，再依聲調的基本旋律，以同樣的節奏進行，來裝點吟唱旋律的起伏變化〔註42〕。因此，趙先生於伴奏處，特標明「colla voce」的音樂術語，採用隨著吟唱旋律的方式作起伏變化。這樣的表現，恰體現了趙先生所提及的，「語調的高低抑揚，比為歌詞寫的旋律實際上體現得更為深遠。」〔註43〕

第四節　情感強度與詩歌意境的掌握

關於吟誦「音強」的掌握，今人邱燮友先生論及，詩歌可從輕重音的表現，以及特殊意涵的辭彙，將詩文的情感內容表達而出〔註44〕。這種方式其實也是歷來處理吟唱情感強度的方法與運用。

筆者認為，趙先生對於情感強度與詩歌意境的掌握，可從他的《新詩歌集．瓶花》的七絕詩、新詩與音樂譜曲，尋得詩的吟唱技巧與獨特方式。以下即先從詩的本身內容及風格來論，再從詩的格律形式來談。

一、吟唱〈瓶花〉七絕之情感與意境的掌握

趙先生的《新詩歌集．瓶花》歌詞內容，前部吟唱取材自南宋范成大〈春來風雨無一日好晴因賦瓶花〉二絕其一，後部的歌詞則取材於胡適的作品。「滿插瓶花罷出遊，莫將攀折為花愁。不知燭照香薰看，何似風吹雨打休。」〔註45〕，

〔註42〕參見趙如蘭編：《趙元任音樂論文集》，〈我父親的音樂生活〉，頁7。

〔註43〕參見趙如蘭編：《趙元任音樂論文集》，〈用中文唱歌〉，頁44。

〔註44〕參見邱燮友著：《美讀與朗誦》，（台北：幼獅文化事業公司，1991年8月），頁47。

〔註45〕參見（清）吳之振、呂留良、吳自牧編選：《宋詩鈔．石湖詩集．春來風雨無一日好晴因賦瓶花》二絕，頁1798。

「酒冷花寒無好懷，紫荊終日為誰開？三分春色三分雨，疋似東風本不來。」〔註46〕，二首原為組詩，趙先生則取其前部來作吟唱歌詞，從前半首的「為花愁」一詞看來，得知不僅在描寫瓶花，也帶出詩中的主角，甚至到了後半首的「為誰開」出現後，更點出詩中主角殷殷企盼的心境。

大體言之，這是二首閨怨組詩，描述女子因景生情，寄託瓶花之物，而想念伊人的憂傷情緒。這樣的詩歌內容影響著吟唱的情感強度的表現與拿捏。前首詩主要以物件及感受來營造空間場景，如「燭照」、「香薰」，便是從視覺與嗅覺兩方面來表現室內的氛圍。尤其是前二句更顯見，女子不僅「罷出遊」，還駐足於「滿插瓶花」的環境中，首句的「罷」字，可謂之詩眼，實引領出全首「等待」的情緒來，再由「為花愁」一語寄寓著「人愁」，以表露悲傷淒冷的心境。吟唱至此，便順著詩句意境由下降的音階來表現愁緒，因此，「花愁」二字的強度，便較稍前的吟唱強度較為薄弱。如譜例四〔註47〕：

而女子竟未注意到室內的「燭照」、「香薰」等景物，反倒是對於室外「風吹」、「雨打」的動靜瞭若指掌。因此，「何似」一語，尤以「似」字強度最強，它又是個仄聲字，更加強了吟唱強度的力道，而更順勢地帶出了後面的詩句——「風吹雨打休」。其中，「風吹」的「吹」字，雖是平聲字，但此處用四拍的音長，以及語氣加強的助勢下，也能如同前者「似」字一般地效果，僅是「吹」字較「似」字的強度稍弱。最末，直至「休」字，則採以花音變化（五連音）四拍的音長，以拉長整首愁緒的聲勢。如譜例五〔註48〕：

〔註46〕參見（清）吳之振、呂留良、吳自牧編選：《宋詩鈔．石湖詩集．春來風雨無一日好晴因賦瓶花》二絕，頁1798。

〔註47〕參見趙元任著：《新詩歌集》，〈瓶花〉，頁23。

〔註48〕參見趙元任著：《新詩歌集》，〈瓶花〉，頁23。

審言之，前部分的詩中，不僅讓主角於狹小的空間上隱藏著濃濃的愁緒，在場景物件的陳列裡，更為後半部的詩作埋下重要的伏筆。因此，吟唱時應揣摩詩境，以表達情緒低沉，卻又心曲隱微，不易彰顯的深沉意境。這種吟唱的方式與慷慨激昂，或滿懷豪情，或境界開闊的詩詞吟唱比較後，〈瓶花〉吟唱的曲調，略顯低抑，強度也稍微弱些，而非以激越高亢，音樂曲調高昂之勢來表現。因此，吟唱的表現實與詩境的內容密切結合，無論詩境的情緒或大喜，或悲憤，或憂傷，或悲泣，吟唱的音調也必然受之影響，可能為高揚，或低沉，或剛或柔，或輕或重，或疾或徐，這些種種的變化，端賴演唱者對於詩境的體會來呈現。再者，第二首首句「酒冷花寒無好懷」，表現的意境是淒冷的，無法敞開心懷；詩中之人終日開著「柴荊」，等待伊人的歸來；再者，「三分春色三分雨」，給人的感覺是忽晴忽雨，彷彿心緒不斷地波動；末句的「東風」借代為伊人，「疋似東風本不來」，意為彷彿東風本無意前來，實透露詩中人無奈的等待。可以顯見，這是二首閨怨絕句的組詩。

此外，藉由詩詞句式的分段落點，尚可掌握情感的強度。因從分辨輕重音的所在，尤其，具有特殊意義的詩詞及句末韻腳，宜特別強調重音或拉長尾音以表現強度。先從〈瓶花〉前部的吟詩曲調探之，句式原則上依循七言詩「上四下三」的原則來作詩。「滿插瓶花／罷出遊」，「莫將攀折／為花愁」，「不知燭照／香薰看」，「何似風吹／雨打休」。後二句為符合「上四下三」的原則，將原為「不知看燭照香薰」倒裝成「不知燭照香薰看」；「何似休風吹雨打」倒裝成「何似風吹雨打休」。再者，將原先的句讀拆解成數個段落來剖析，拆解後的詞語末字，多有轉音拉長的現象。如：「滿插瓶花／罷出遊」的「花」字，音長長至四拍，中間以三連音來作為裝飾；「遊」字音長為三拍，以十六分音符及八分音符來銜接最末的二拍。「莫將／攀折／為／花／愁」的「將」、「折」、「花」與「愁」字，「不知／燭照／香薰／看」的「知」、「照」、「薰」與「看」字，「何似／風吹／雨打／休」的「似」、「吹」、「打」與「休」字，亦多以連音或短節拍（十六分音符或八分音符）的詞組字尾或單音字來聯繫前後的音節。由此見得，一個字音中，常有數音的轉折以及刻意的拉長。如譜例六〔註 49〕：

〔註 49〕參見趙元任著：《新詩歌集》，〈瓶花〉，頁 23。

音樂上，也常有穿插彷彿花音般的三連音與滑音來做變化，主要是因為加上修飾性的聲腔後，便使得全詩不流於單調呆板，韻味不佳，而更有趣味性。尤其，從吟詩的轉折處與趙先生的記譜來看，實為巧妙，因為銜接的地方頗為獨到，即二字音之間，旋律小至增 度，多至增五度，而無過於懸殊的音域，目的在於緊密連接句式中的字句，而句與句之間也採用此法來吟唱。如譜例六：「花」字起音（降）e^2，中間加上花音，最後則停留至降 d^2，而「花」的下一字為「罷」，起音為 f^2，與前面「花」字的音調，僅差距大三度的音程；「遊」字起音 d^2，中間加上花音，最後停在 d^2 音上，與第二句的首字「莫」同音，因此，兩句銜接吟唱來甚為緊密。再者，起首一句吟詩的曲調，主要旋律多在 f^2、降 e^2、降 d^2 音上做徘徊，在進入第二句時，再由降 d^2 音，帶入降 d^2、降 b^1、降 a^1 音的旋律上，到了第三、四句的音域則更為擴大，不僅以十六分音符、連音來表現轉音，更以小三度（降 d^2 及降 b^1）與完全五度（f^2 與降 b^1）的滑音，呈現出傳統中國式的花腔。換言之，吟詩的曲調形式上雖為西洋的降 D 大調，實際上則為中國傳統七聲音階，清樂音階降 A—Sol（徵）調式的運用。

二、吟唱〈瓶花〉新詩之情感與意境的掌握

以下再以趙先生〈瓶花〉曲中的胡適新詩來作討論：

> 不是怕風吹雨打，不是羨慕那燭照香薰，只喜歡那折花的人，高興和伊親近。花瓣兒紛紛的謝了，勞伊親手收存，寄與伊心上的人，當一封沒有字的書信，當一封沒有字的書信〔註 50〕。

胡適先生的詞，與范成大〈春來風雨無一日好晴因賦瓶花〉組詩之「滿插瓶花

〔註 50〕參見趙元任著：《新詩歌集》，胡適〈瓶花〉歌詞，頁 24～頁 25。

罷出遊」一首意境相近，同是想念伊人的真摯情感，藉由週遭的景物流露而出。然而，趙先生由於音樂曲調的關係，又將胡適先生的原文「不是羨燭照香薰」一句，改作「不是羨慕那燭照香薰」〔註 51〕。主角喜愛與折花的人親近，即使花瓣兒謝了，折花的人也親手收藏花瓣，並將此寄予他的心上人，以作為一封沒有字的書信。從「當一封沒有字的書信」一句見得，於真情流泄之中尚有含蓄之美，即使「沒有字」，沒有任何言語的表達，卻也能深刻地流露濃濃地情意。尤其末尾出現了兩次「當一封沒有字的書信」，此句的重複，正是在詩的原文上，添加了一些音樂的引申。姑且不論節拍，這二句的音樂，第一句的伴奏大致是依循著主要旋律，先由低聲部的高音部分模仿主旋律，才又銜接到高聲部的高音部分作主要旋律的模仿，因而形成演唱旋律與鋼琴伴奏平行式的相互呼應；第二句的演唱旋律，較前句略慢且聲量漸強，尤其，最後「信」字的拉長，實讓人有種餘音繚繞之感，有加強語氣，以及延長樂曲韻味的意味存在。從曲式上來說，第二句的伴奏，它的和絃實與主旋律作對位，如譜例十三〔註 52〕：

〔註 51〕參見趙如蘭編：《趙元任音樂論文集》，〈《新詩歌集》文字部分．歌注〉，「原文『不是羨燭照香薰』一句，因為音樂的理由，現在改為『不是羨慕那燭照香薰』。」，頁 136。

〔註 52〕參見趙元任著：《新詩歌集》，〈瓶花〉，頁 25。

三、小結

總結以上全曲詩句中的情感意境，以及樂曲分析來說。〈瓶花〉曲的主調是為降D大調，曲式主要可分為A、B二段。如譜例十四〔註53〕：

〔註53〕參見趙元任著：《新詩歌集》，〈瓶花〉，頁24～頁25。

poco rit.
(又一式 Fine)
(B)
Andantino ♩= 92
(胡)
不是怕風吹雨打，不是羨慕那
燭照香蕉
只喜歡那折花的
人，高興和伊親近。
花【瓣兒】
紛紛的謝了，勞伊親手

(1) 又一式唱奏法：到這裏不用以下的譜，仍回到牙號處用七絕首句的調兒吟一個"儂"字，以下三句就用半鼻音[ŋ]哼下去，要到"又一式Fine"為止。

首先，吟唱部分是為 A 段，從文學上看意境，此段的詩詞隱隱透露著無奈等待與淒苦哀傷之感；音樂上，共十七小節（在進入吟唱之前，尚有八小節的前奏），此部分多以連音表現轉音，又小三度與完全五度的音程，恰為中國花腔的表現。

其次，胡適歌詞的樂譜，可視為 B 段，共十九小節（進入之前，亦有六小節的間奏，以銜接 A、B 二段），本段調性則是前者降 D 大調之同音異名平行小調——升 c 小調；「燭照香薰」三小節較為特殊，歷經了二種變換，「燭照」到「香薰」二小節則由升 c 小調「iv」級轉為升 C 大調「I」級，不僅是同名調的轉換，也是變格終止（Plagal cadence）〔註 54〕的運用。而最後一小節的首要

〔註 54〕參見國立編譯館編訂：《音樂名詞．詞語篇》，頁 44。參見吳夢非編：《和聲學大綱》所論述的「變格終止」，「變格終止便是從下屬和音進於主和音而終止的方法。」，（台北：台灣開明書店，1962 年初版），頁 223。

和絃，則在原小調的基礎上中音升高，以大調作結，尚且，「薰」字最末的延長和絃，便回到整個段落的主要調性，以升 c 小調的終止作結。因此，這三小節中，無論是變格終止，抑或大小調的轉換，皆作為音樂的轉折變化。

再從此段的音樂色彩來談，本段原為小調的性質聽起來比較灰暗，但在原小調的基礎上，又將中音升高後，色彩則轉為明亮，因這種明暗變化穿插於樂曲間，便使得樂曲色彩更有鮮明的曲折變化。音樂的表現既為如此，新詩歌詞也由隱微的「不是怕風吹雨打，不是羡慕那燭照香薰」二句，轉而「只喜歡那折花的人，高興和伊親近」的明確陳述，故從心理層面言之，無不透露著想念伊人的心緒變化，實有著巧妙曲折之處。因此，不論從音樂或詩詞來看，音樂中所穿插的強度變化與調性明暗，與詩歌所欲表現的心理情感無不相關，惟有二者的密切配合，才能與之融鑄一體。

之後，「只喜歡那折」一小段，則為主調降 D 大調的關係調——降 b 小調；「花的人，高興和伊親近」，則回到降 b 小調之關係大調，上行五度之近系調——降 A 大調。從音樂上看，「只喜歡那折花的人，高興和伊親近」二句，先由小調再轉為大調，色彩明暗上似由微暗轉而明亮；文學上，亦由個人的心理言情，推進到「和伊親近」的實境作為。

「花瓣兒紛紛的謝了」則又到了降 G 大調，此處的伴奏為八分音符音階的持續推進，本順著歌詞的音樂旋律而作音高的起伏變化。至此的音樂，可視為一「過門」，直到「勞伊親手收存」結束，共八小節；「寄與伊心上的人」則為尾奏，共十一小節，便回到原來的降 D 大調〔註 55〕。因此，〈瓶花〉便是藉由樂曲中，降 D 大調的近系調——降 A 大調、降 G 大調，以及降 D 大調的關係調——降 b 小調，與降 D 大調同音異名的小調——升 c 小調，甚至是遠系調升 C 大調的轉換。再加上配合著兩次序奏（前奏與間奏），主要的 A、B 段旋律，與一個八小節的過門，最後的尾奏，以完成整部歌曲〔註 56〕。

因此，從七絕詩與新詩歌詞二者比較來看，胡適的新詩歌詞，大致以二句為一段，趙先生以簡短的過門或和絃，來銜接各個段落。由於新詩字數及句式較為自由，並非如同前部的范氏七絕詩一般，受限於古調及聲律形式的影響，不論是在主旋律或是鋼琴伴奏，皆能盡情且自由地創作。然而，前部吟唱的表現，著重在吟唱者的發揮，音樂的伴奏僅是種意境的烘托與詩境的陪襯。因此，

〔註 55〕參見趙如蘭編：《趙元任音樂論文集》，〈《新詩歌集》文字部分．歌注〉，頁 136。
〔註 56〕參見趙元任著：《新詩歌集》，胡適〈瓶花〉歌詞，頁 24～頁 25。

這兩處音樂與文學的結合，它們的作用其實並不相同。

第五節　用韻音色與情境氣氛的把握

詩歌的叶韻，可藉此表達詩歌的音色。用韻的選擇亦能使詩歌的聲情，產生情感的變化，因此，古往今來，詩人創作詩歌時，往往依它的內容而選韻作詩。關於用韻音色與情境氣氛的把握，筆者認為，可從趙先生〈瓶花〉的七絕歌詞與胡適新詩分別來談。

一、吟唱〈瓶花〉七絕之用韻與氣氛的把握

趙先生〈瓶花〉七絕詩，它的韻腳分別為「遊」、「愁」、「休」等韻，屬下平尤韻，尤韻的韻母為〔iou〕或〔ou〕，其中，〔o〕與〔u〕的舌位發音，皆為後元音，所以，二者的舌位無明顯變化，但口腔開口度由半合口轉至合口，音長由輕短轉而重長。例如，「滿插瓶花罷出遊」的「罷」字，韻母為〔a〕，是為口腔開口度極大的韻母，因此，聲音較為響亮，但後面接連兩個「出」及「遊」，皆以〔u〕為韻母或韻尾的字，使得首句的響度，由大轉變為較小。況且，「遊」字之前是為「罷」及「出」等兩個仄聲字，「罷」字的響度既大，又為短而急促的字音；「出」則為響度小而急促的字音；「遊」則是響度大，但讀來則較為重長的平聲字。因此，「出」字可視為「罷」字過渡到「遊」字的媒介。

再者，第二句的「莫將攀折為花愁」，末尾「愁」字之前的「花」字，韻母為〔ua〕，介音是〔u〕，韻尾是〔a〕，恰為一閉口與一開口的對應，開合口極為懸殊，但最後僅停留在開口，因此，「花」字仍為響度大的字音。而最末尾的「愁」字，韻母為〔ou〕，至此便作為整句的收尾，讓音色由響亮轉為收束。末句「何似風吹雨打休」的「休」字，它的韻母為〔iou〕，前一字為「雨」，韻尾為〔i〕，是為合口元音；後一字為「打」，韻母為〔a〕，是為開口元音。因此，「打」較「雨」的響度更大，「休」字又銜接於後，更顯出結尾收縮的感覺，實給人一種深沉幽暗的情感〔註57〕。

另外，詩歌的用韻聲情，尚須與題旨相合，如范成大的詩作，題名為〈春

〔註57〕參見黃永武著：《中國詩學·鑑賞篇》大致歸納，「平聲韻東、冬、江、陽等便較適合表達歡樂、開朗的情緒，而尤、幽、侵、覃等則較適合於表達憂愁。」，（台北：巨流圖書公司，1977年4月），頁192。

來風雨無一日好晴因賦瓶花〉，其中「無一日好晴」正說明了前述的「春來風雨」所帶來的情景。儘管內容所述，未必盡是視覺上的「風雨」，但藉由這樣的情境，以「瓶花」寄寓內心的抑鬱情感，並與用韻聲響的相互配合下，便與題意更為密切呼應。

二、吟唱〈瓶花〉新詩之用韻與氣氛的把握

至於〈瓶花〉後部的新詩，「不是怕風吹雨打，不是羨慕那燭照香薰，只喜歡那折花的人，高興和伊親近。花瓣兒紛紛的謝了，勞伊親手收存，寄與伊心上的人，當一封沒有字的書信，當一封沒有字的書信。」〔註 58〕，它的韻腳屬十五痕韻，分別為陰平「薰」〔iun〕、去聲「近」〔in〕、陽平「存」〔uen〕、去聲「信」〔in〕等〔註 59〕，出現在各段落的句末，句末皆以鼻音韻尾〔n〕作為收尾。先從「薰」來說，「薰」之前是〔ang〕韻的「香」字，「香」韻的主要元音〔a〕後面隨即附帶一個鼻音〔ng〕;「薰」字本身是含有〔y〕的撮口呼，口腔開口度本較小，又為〔n〕的鼻音韻尾，因此響度更為薄弱。其次，「近」字之前是一「親」字，「親」的韻母是〔in〕，「近」的韻母亦同是〔in〕，二者皆以鼻音韻尾〔n〕作收尾。

再者，「存」的韻母為〔uen〕，口腔開口度則由圓唇的後高元音〔u〕，轉為舌位較〔u〕音稍前又稍低的〔e〕音，最後則停留在鼻音韻尾〔n〕之上。況且，「存」之前為一「收」字，「收」的韻母為〔ou〕，主要元音〔o〕本身是圓唇的後元音，韻尾〔u〕亦是圓唇的後元音，又〔u〕比〔o〕開口度要小些，因此，這裡的口腔開口度則由大而小，聲音有種低沉幽暗之感。「存」〔uen〕，主要元音為合口的圓唇後元音〔u〕，作為此韻母的開頭，由此再滑過展唇前元音的〔u〕，收音時舌尖上移抵住上齒齦而發〔n〕音，因此，由「收」與「存」二音看來，口腔開口度歷經了數次的變化，但變化中卻給人一種含蓄不顯，沉靜平穩之感。最後，「信」韻母為〔in〕，發音時由展唇的前高元音〔i〕，轉而抵住上齒齦的鼻音〔n〕，並停留在此，聽來有種低暗憂鬱之感，又末尾出現了兩次「當一封沒有字的書信」，再次以「信」作為結尾，便是在詩的原文上加強說明之。

〔註 58〕參見趙元任著：《新詩歌集》，胡適〈瓶花〉歌詞，頁 24～頁 25。
〔註 59〕參見教育部國語推行委員會編：《中華新韻》，（台北：正中書局，1980 年 4 月），頁 113～頁 119。

三、小結

由此可見，用韻的選擇，正影響著整首詩歌聲情的變化，尤其韻腳的音響效果，實決定了詩歌的情感變化與情境氣氛的掌握，它本是藉由口腔的開合、舌位的高低，唇形的圓展與發音部位，來決定音韻響度的大小與發音特質。響度大者，或發音部位較前者，它的聲音或明亮或宏厚，較適於表達歡娛的、熱鬧的詩歌意境；響度小者，或發音部位較後者，它的聲音或幽深或低沉，較宜表達悲傷的、沉寂的、寧靜的氣氛。因此，筆者認為，從文學中的用韻變化，來探討詩歌整體的情感意境，不失為理解詩歌的一項重要途徑。

從整體言之，〈瓶花〉曲前後部七言絕句與新詩的用韻，不論是採用古韻下平尤韻或新韻十五痕韻，這些用韻大致能配合兩首詩歌惆悵憂怨的情感內容來進行，因而形成前後呼應，達成通篇一氣的效果。況且，七絕除第三句外，句句用韻，新詩則採隔句用韻，這種用韻密度的安排，其實也影響著整首詩歌的節奏快慢與否。因此，詩歌用韻的安排，便是運用著漢語文字的豐富內涵而呈現特殊的情節氣氛。

第六節　結論

詩歌吟唱是中國歷來重要的傳統藝術，一般文人多重視之，趙先生也不例外。今筆者根據趙先生的散篇論著與〈瓶花〉樂曲，先將詩歌吟唱的形成要素從四個方面來談，從語言學的觀點來看中國的詩歌吟唱，其實也如同樂音的特質那般，有「音高」、「強度」、「長短」、「音色」的特徵，包括「平仄長短與樂調高低的安排」，「調值音高與吟唱曲調的運用」，「情感強度與詩歌意境的掌握」，「用韻音色與情境氣氛的把握」等四項。

總結來說，其一，關於詩詞的平仄長短與吟唱調子的音長變化，可由詞句的位置與意境的內容來做決定。一般樂曲或吟詩曲調，甚或皮簧梆子，音樂上的歌詞譜曲，皆不脫離語言上平聲與仄聲字音長的影響。至於在新詩的樂譜中，甚或吟詩的樂譜實例中見得，皆未完全遵照傳統處理樂曲的窠臼，而採以較適性地表現音樂美的方式，來表現音樂的意境。

其二，藉由詩詞本身的聲調、語調長短及它的高低音安排，以及音樂曲調的相互配合下，讓詩詞得以產生參差錯落的節奏美與韻律美。但在吟誦古典詩詞或文章時，原則上採用讀音而不用語音，正如同趙先生所說的「在舊時中國聲樂裡的習慣，唱曲唱戲時所讀的音、跟平常說話讀書所用的音完全不同。」〔註 60〕，再者，「不同的場合，……音唱不同、讀字也有不同的地方。」〔註 61〕，因此，讀音與語音的採用得需因地、因時制宜，吟唱者應不可輕易忽略之。

其三，吟唱時應揣摩詩境的情緒為何，再藉由吟唱強度與上述音調的相互配合下，表現出或愉悅或哀傷，或微弱或激越的情感，再者，詩詞句式的分段落點，可以辨別輕重音的位置，尤其，具有特殊意義的詩詞及句末韻腳，宜特別強調重音，或拉長尾音來表現力度。

其四，詩歌的用韻能使詩歌的聲情，產生不同的變化。古人創作詩歌時，無不依它的內容而選韻作詩。因為，用韻的選擇，正影響著整首詩歌聲情的變化，尤其韻腳的音響效果，實決定了詩歌的情感變化與情境氣氛的掌握。〈瓶花〉曲前後部的七言絕句與新詩用韻，大致能配合兩首詩歌惆悵憂怨的情感內容來進行，以形成前後呼應，達成通篇一氣的效果。

況且，〈瓶花〉曲歌詞的前部為南宋詩人范成大的七絕詩，音樂中則在傳統吟唱調子的基礎上另編新調，伴奏則為簡單的和絃或琶音陪襯，隨著樂曲的旋律而作起伏，可視為意境的引導；後部的新詩則為胡適的新詩作品，音樂上採取西方的編曲方式譜曲，無論在旋律上或伴奏上，它們的拍子、調性、和絃、強度、意境與音樂色彩上，皆較前部的吟唱部分更有趣味變化。這種一首曲子，前後分採中西不同的編曲方式，實為獨特，甚為少見。

因此，關於趙先生的吟唱理論與音樂創作，經筆者的重新整理後，大致可從上述的幾項繼承與運用中，展現吟唱藝術的特質所在。況且，亦能清楚地見得，趙先生對於傳統藝術的重視，實非憑空論之，尚有音樂創作來實踐自身所提出的吟唱理論，因此，趙先生對於這方面的研究，著力匪淺。然而，上述所提的吟唱藝術，流傳至今，僅有少數的人將之提起，才受到重視，因此，保存不再容易，也未能廣傳民間。趙先生有鑑於此，便疾呼大眾，「其實現在最迫切的事，是趕快收集、紀錄這些老傳統藝術，因為它就要看不見了。」〔註 62〕，故此處又再次見得，趙先生對於吟唱藝術的傳承，不僅做到了身體力行，亦試

〔註 60〕參見趙如蘭編：《趙元任音樂論文集》，〈歌詞中的國音〉，頁 18。
〔註 61〕參見趙如蘭編：《趙元任音樂論文集》，〈歌詞中的國音〉，頁 30。
〔註 62〕參見趙如蘭編：《趙元任音樂論文集》，〈中國語言裡的聲調、語調、唱讀、吟詩、韻白、依聲調作曲和不依聲調作曲〉，頁 12。

圖影響週遭的民眾，能對此藝術加以保存、愛護與流傳之。因此，趙先生對於吟唱藝術的推動，可說是不遺餘力。〈瓶花〉曲正是趙先生輝映吟唱理論的重要成果所在。

第四章　論趙元任音樂與新體詩的結合——以《新詩歌集·也是微雲》為例

第一節　前言

趙元任先生為中國近現代首位結合西洋音樂與中國白話新詩的先驅。他的藝術歌曲多取材於當時詩人的作品，如《新詩歌集》〔註 1〕便採用數首胡適的新詩作為題材，包括〈他〉、〈小詩〉、〈上山〉、〈也是微雲〉與〈瓶花〉等。其中，〈也是微雲〉曲的新詩歌詞，在胡先生尚未公開發表前，便直接送予趙先生譜曲。因此，胡先生的新詩作品，直至趙先生的音樂發表後，才公諸於世。

再者，〈也是微雲〉曲，至今尚未見得他人研究此首音樂與新詩體的結合。筆者以為，胡先生新詩文體解放的主張，在當時不只是新詩「新文學」的一項創舉，尚代表著時代新精神的開創與再造。至於趙先生兼採中國傳統的吟唱與曲調，以及結合西方和聲來譜曲的手法，亦能在他的音樂創作的實務裡，開闢出一條新的道路來，實讓文學與音樂的結合，充滿著創新、多變的時代精神，也讓其中的藝術價值，臻於更為成熟之境。因此，頗有深入研究的價值。是故，筆者將前述之議題，作為本章的研究重點，再依二人的理論與創作來逐節探究之。

〔註 1〕參見趙元任著：《新詩歌集》。

第二節　胡適〈也是微雲〉析論

一、詩體形式的解放

（一）新詩體裁的解放

胡先生曾提出「詩體的大解放」等新詩運動的議題，他談到「若要做真正的白話詩，若要充分採用白話的字，白話的文法，和白話的自然音節，非作長短不一的白話詩不可。」〔註2〕，這正是從詩的形式解放來說。筆者以為，任何詩的組成，不乏可從形式與內容等二面向來討論，因為，二者本是互為表裡，缺一不可的。而今，若欲在新詩之中，注入新內容和新精神，便須先打破束縛精神的枷鎖，如此才能產生出有別於舊詩的新詩體，達到創新避俗之境。胡先生說：

> 近來的新詩發生，不但打破五言七言的詩體，並且推翻詞調曲譜的種種束縛；不拘格律，不拘平仄，不拘長短；有什麼題目，做什麼詩；詩該怎麼做，就怎麼做。〔註3〕

此段正是從新詩的形式來作說明，它有別於舊體的五言、七言詩，既不拘於格律排列，也不受限於字詞的平仄與句式的長短，僅須依據題意與新詩的內容來作搭配，可謂是一項自由的文體。舊有的近體詩，由於受限於形式上的束縛，因而使得精神無法自由開展，好的內容便無法充分呈現。也正因為有這詩體的解放，因此，詩體便有著豐富的材料，精密的觀察，高深的理想，以及複雜的感情。再者，胡適又批評到近體詩中的格律規範，實讓詩人無法充分發揮所欲表達的素材，又因字數太少因而無法寫得精緻細密。因此，受限於長短字數的近體詩，往往無法表達出詩人高深的理想與細緻的觀察〔註4〕。

（二）新詩章法的組織

關於胡先生〈也是微雲〉詩作一首的原文：

> 也是微雲，
> 也是微雲過後月光明。

〔註2〕參見歐陽哲生編：《胡適文集9．嘗試集．自序》，（北京：北京大學出版社，1998年11月），頁81。

〔註3〕參見歐陽哲生編：《胡適文集2．胡適文存．談新詩——八年來一件大事》，（北京：北京大學出版社，1998年11月），頁138。

〔註4〕參見歐陽哲生編：《胡適文集2．胡適文存．談新詩——八年來一件大事》，頁134。

只不見去年的遊伴，
只沒有當日的心情。

不願勾起相思，
不敢出門看月，
偏偏月進窗來，
害我相思一夜。〔註5〕

整體來看，新詩的文體自由，字數不拘，語言是白話的，情感是恣意發揮的。章法上，可分為前後二段，第一段開頭前二句的句法，以「也是微雲」為首；第二句為前句「也是微雲」的繼續發揮，但句子的長度略較前句稍長。再來，「月光明」則點出此詩的時間所在。第三、四句的句子，為「只不見去年的遊伴」，「只沒有當日的心情」，同是回憶去年出遊的情景，又二句為並列的排比句，工整的對仗句，以前三後五的音節作鋪排。上述音節的區段，本是依循著句中的意義與文法來作陳列。

至於第二段的第一、二句，則為「不願勾起相思」，「不敢出門看月」，亦為二個排比句，音節上為前四後二的形式。第三、四句的句法，為「偏偏月進窗來」，「害我相思一夜」，則以前二中二後二的音節所組成。

最後，從字數的長短言之，第三、四句的字數相等，第五、六、七、八句的字數亦相等。各句長度多半參差不齊，但於小處中倒也呈現出規律性來，即八言二句，六言四句的並列組織。因此，新詩中多是二句為一組，且字數又為相等的，視覺上看來與聽覺上說來，既有參差變化，也有排列規則的軌跡可循。

（三）新詩音節的安排

再者，關於新詩的自然音節，胡先生曾提出「節」與「音」的說法〔註6〕。所謂「節」，是指詩句裡面的頓挫段落；所謂「音」，是指詩的聲調，而新詩的

〔註5〕參見歐陽哲生編：《嘗試後集．第一編也是微雲》，頁244。

〔註6〕參見胡頌平編：《胡適之先生年譜長編初稿　第二冊　校訂版　一九一九～一九二七》裡，胡適先生提及，「我極贊成朱執信先生說的『詩的音節是不能獨立的。』這話的意思是說：詩的音節是不能離開詩的意思而獨立的。所以朱君的話可換過來說:『詩的音節必須順著詩意的自然曲折，自然輕重，自然高下。』再換一句說：『凡能充分表現詩意的自然曲折，自然輕重，自然高下的，便是詩的最高音節。』古人叫作『天籟』的，譯成白話，便是『自然的音節』。」，（北京：北京大學出版社，1984年），頁412。

聲調有兩個要件，一為平仄自然，二為用韻自然〔註7〕。它的詳細內容如下所述：

> 第一，先說「節」——就是詩句裡面的頓挫段落。舊體的五七言詩是兩個字為一「節」的。……新體詩句子的長短，是無定的；就是句裡的節奏，也是依著意義的自然區分與文法的自然區分來分析的。白話裡的多音字比文言多得多，並且不只兩個字的聯合，故往往有三個字為一節，或四五個字為一節的。
>
> 第二，再說「音」——就是詩的聲調。新詩的聲調有兩個要件：一是平仄要自然，二是用韻要自然。白話裡的平仄，與詩韻裡的平仄有許多大不相同的地方。同一個字，單獨用來是仄聲，若同別的字連用，成為別的字的一部分，就成了很輕的平聲了。……我們簡直可以說，白話詩裡只有輕重高下，沒有嚴格的平仄。……白話詩的聲調不在平仄的調劑得宜，全靠這種自然的輕重高下。〔註8〕

這二段主要從詩詞的「節」與「音」來談。關於「節」的部分，五、七言的近體詩多以兩個字為一節，因此，五言者可作前三後二，或作前二中二後一的音節；七言者可作前四後三，或可作前二中二後三的音節。再者，關於新詩中的音節段落，則依據意義與文法而自然區別出其中的節段，音節的節段不只有兩字為一節的，也有三字為一節的，更有四、五字為一節的，如此的分段，實較古、近體詩兩字為一節的句法，更有彈性，更有張力。

其次，「音」的部分，在新詩的創作中，須講求平仄自然，白話裡的平仄與詩韻中的平仄，本有所不同。單獨一個字有它本有的聲調，但此字再與他字合讀時，可能就轉為其他聲調。此外，胡先生又談到，新詩所採用的白話文體，只有輕重高下之別，尚無嚴格的平仄之分。況且，白話詩的聲調不在於平仄的如何搭配，而在於自然輕重高下所做的決定。

（四）新詩用韻的方式

另外，胡先生又談到必須注意自然用韻的問題，以〈也是微雲〉為例，從每句字尾來看，第一段以「雲」〔iun〕、「明」〔ing〕、「伴」〔an〕、「情」〔ing〕

〔註7〕參見歐陽哲生編：《胡適文集2．胡適文存．談新詩——八年來一件大事》，頁144。

〔註8〕參見歐陽哲生編：《胡適文集2．胡適文存．談新詩——八年來一件大事》，頁144。

等四字作為收尾，此四字又與〔n〕或〔ing〕相關，即以鼻音作為韻尾。儘管韻尾不盡相同，但仍有相近或相關之處，才予以換之；第二段則為「月」〔iue〕、「來」〔ai〕、「夜」〔ie〕等三字作為韻尾，此段與前段的韻腳大異其趣，可能為創作人依其作品所需而有所換韻。像前述這種一首短詩，中間換韻，又採用不同韻腳的方式，足讓新詩的聲韻能於自然的音節中略顯變化，也在自然的輕重高下，以及語氣自然的氛圍中，呈現出和諧自然的音調。

二、詩體內容的呈現

關於胡先生論及新詩創作的部分，曾談到新詩的內部組織與音節的關係。「內部的組織，——層次，條理，排比，章法，句法，——乃是音節的最重要方法。」〔註9〕，此段正是接續著前部新詩的「音」與「節」來說，即音節的細部安排，牽繫著新詩內部的條理、層次、排比、句法與章法等。倘若能讓新詩有條理的規劃，新詩中的句法與章法，呈現得更為有序，它的內容讀來將更有層次。再者，必須「研究內部的詞句應該如何組織安排，方才可以發生和諧的自然音節。」〔註10〕，因此，創作者對於音節的妥當處理，新詩的和諧音韻，自然易構成一具有音韻美與節奏美的詩篇。

（一）新詩具體或抽象內容的交錯

關於創作的內容，它的做法可能採以具體或抽象的敘述方式來進行。關於此論，如下所述：

> 詩須要用具體的做法，不可用抽象的說法。凡是好詩，都是具體的；越偏向具體的，越有詩意詩味。凡是好詩，都能使我們腦子裡發生一種——或許多種——明顯逼人的影像。這便是詩的具體性。〔註11〕

以〈也是微雲〉為例，〈也是微雲〉是一具象的詩題，開頭由同詩題的「也是微雲」一語帶入，第二句後才點出「月光明」的具體時間。後來的「只不見去年的遊伴」，是藉由視覺上的「不見」，來說明具體形物上的所見所聞；「只沒有當日的心情」，則再轉為抽象心緒的反應。詩文至此，逐漸勾勒出些許的

〔註9〕參見歐陽哲生編：《胡適文集2．胡適文存．談新詩——八年來一件大事》，頁144。

〔註10〕參見歐陽哲生編：《胡適文集2．胡適文存．談新詩——八年來一件大事》，頁144。

〔註11〕參見歐陽哲生編：《胡適文集2．胡適文存．談新詩——八年來一件大事》，頁144。

影像來。

再者，第二段是以抽象與具體交替鋪排的寫作方式來陳列，「不願勾起相思」，好似深怕觸景傷情，因而不願勾起相思之感，是抽象心境的表露。再來的「不敢出門看月」，為具體的「看月」行動，但由於深怕悲傷難耐，因而「不敢出門看月」。最末的第二句，「偏偏月進窗來」，則轉為具體的形物描繪，因從「偏偏」二字看來，似乎與前述的「不願」、「不敢」之語，有所衝突，故而以此具體的物象來說明詩中人的無奈之情。最後的「害我相思一夜」，終道出詩中人最為深刻的情感。由此可見，從上述二段抽象與具體寫作方式的交互錯綜下，十足地讓全首新詩更富有詩味。

（二）新詩時間與空間寫作的鋪成

其次，從「情」、「景」、「時」、「空」等四方面來談。第一，全詩中「不見」、「沒有」、「不願」、「不敢」的部分，是「寫情」的描摹，採否定意義的語彙來論述，以透露心中的無奈之情；第二，關於「寫景」的內容，則包含首句的「微雲」，「微雲過後月光明」，「月進窗來」，以及「出門看月」等；第三，對於「空間」物品的鋪成，有所展現，如「月進『窗』來」，「出『門』看月」等；第四，「時間」上的寫作亦有所點出，如「去年」、「當日」、「相思『一夜』」等。

整體來看，從「偏偏月進窗來」，「害我相思一夜」二句來說，是將前述的情感，於文末做一總結，道出即使「不願勾起相思」，也「不敢出門看月」，且又「不見去年的遊伴」，因而「沒有當日的心情」，但最後仍事與願違，「偏偏月進窗來」。這種違背己意的狀況，實「害我相思一夜」，至此終總結了前述夜晚相思的苦悶與無奈。全文內容雖簡短，僅有簡單的幾行文句，但文意清晰易懂，藉天上的「微雲」與微雲過後的「月光明」之景，以表露悲傷的情感。

第三節　趙元任〈也是微雲〉詩與樂的結合

一、趙元任與青主的詩樂觀點

趙先生對於詩與樂於樂曲中的掌握，曾提出個人的見解。而與趙先生同時期的青主先生，也曾談及詩樂的問題，尤其，對於「詩」與「樂」的獨立性，以及二者結合後的藝術性等相關論題，較趙先生更有深入地研究。因此，筆者以此補足趙氏尚未明說的看法，讓詩與樂的問題研究中，更能有全面性地掌握。

（一）趙氏論詩與樂的相關性

1. 新詩與音樂原味的呈現

趙先生以為，「新詩對於內容跟句式的個性兩者都注重，所以新詩的讀法是要把每首都給它「durchkomponieren」〔註12〕起來，是要唱的，不是吟的。好像是可以這麼解決，但是事實上不能這麼辦。」〔註13〕，筆者以為，趙先生在此所指的「durchkomponieren」，意謂著不同內容與形式所組成的新詩，能產生出多樣不同的韻節，而這些韻節本可搭配不同曲調的歌曲，但是若要將每個詩節都用同樣曲調的歌來演唱的話，事實上卻又不能這般使用。況且，「因為作詩的未必能作曲，要找別人給他做罷，做得不一定合他本人的意。」〔註14〕，即意謂作曲者為新詩所譜成的樂曲，未必能盡新詩創作人的本意，而且，作詩的詩人也未必能將詩譜成樂譜。因此，作詩的原創者與音樂的創作人，並非同一人，故而欲將新詩的文學性與曲譜中的音樂性，相互搭配得宜，又不失原意，實為不易。

再者，趙先生又談到，「唱戲的戲文，假如是專為唱而編的，那就不成問題，假如是取材於已有的文學作品阿，那簡直要把原來的東西改得不像個樣子。」〔註15〕，既然特別提到樂曲的編曲，若非專為唱而編，而是取自於文學作品來編曲，文學的原味可能就此消失殆盡。

另外，趙先生尚提及，「白話詩不能吟並不必等人做了歌才能吟，是本來不預備吟的；既然是白話詩就是預備說的，而且不是像戲台上道白那麼印板式

〔註12〕參見康謳著：《大陸音樂辭典》，趙先生將「durchkomponiert（德）」作「durchkomponieren」，詳「through-composed」條，頁345；「through-composed」意為「這名詞來自德文 *durchkomponiert* 的翻譯，他表示每個韻節都有一個曲調的歌曲，以有別於反復歌（strophic，是用於簡單的抒情詩），而每個詩節都用相同曲調的歌，且用於變化較多情節時常改變的戲劇詩與敘事詩。」，頁1334。

〔註13〕參見趙如蘭編：《趙元任音樂論文集》，〈《新詩歌集》文字部分．詩與歌〉，頁110～頁111。

〔註14〕參見趙如蘭編：《趙元任音樂論文集》，〈《新詩歌集》文字部分．詩與歌〉，頁110～頁111。

〔註15〕參見趙如蘭編：《趙元任音樂論文集》，〈《新詩歌集》文字部分．詩與歌〉，頁113。

的說法，——有得那樣還不如吟起來好聽一點——乃是要照最自然最達意表情的語調的抑揚頓挫來說的。」〔註16〕，此段主要說明白話詩不必等文人做了歌曲後，才能拿來吟唱，因為文學本有獨立性，是門獨立的藝術。況且，白話詩既可用來口說的，或是拿來吟唱的，本可加入朗誦者個人的情感，與對詩歌內容意境的掌握，倒非如同戲台上不自然且缺乏情感的道白那般，而是採以最為自然且最為達意的表情語調，或明顯的抑揚頓挫等方式來呈現。

2. 新詩與音樂融合後的變化

趙先生且論，「作曲要是連和聲的工作也算在裡頭是很費工夫的事情，要是一時找不到人作曲，難道這首詩就得擱起來算『未成』品，不許人家唸嗎？」〔註17〕，言下之意，說明了詩在未成曲之前，仍可視作文學的藝術品，然而，在譜成樂曲之後，其中的文學成份與音樂成份，幾經融合變化，便有別於純粹的新詩或單純的樂曲，而多摻雜了額外的文學成份或音樂要素了。

因此，趙先生在他的音樂創作中，為儘量避免前述的情況發生，故於《新詩歌集》裡，注意到詞與曲的編配問題。歌詞採用當時詩人的新詩（僅有一首〈秋鐘〉，為趙先生本人所作）作為歌詞，〈也是微雲〉亦不例外。至此正發揮了個人創作音樂的功力，亦彰顯五四時期白話文學運動中，那種開放、創新與多變的時代精神。

（二）青主論詩與樂的藝術性

關於樂與詩相關性的論題中，當時樂壇上的青主，亦提出與趙先生相似的看法。

1. 詩藝與樂藝的獨立生命

青主於一九三〇年十二月《樂藝》的刊物上，發表一篇有關論「詩藝」和「樂藝」為獨立生命的議題。論文中主要依循著兩項原則：「1.樂必要能夠脫離詩的羈絆，然後才能夠成為一種藝術，一如必要不受樂的限制，然後才能夠成為一種獨立的藝術一樣。」〔註18〕，此段正說明了「樂」與「詩」，本為各

〔註16〕參見趙如蘭編：《趙元任音樂論文集》，〈《新詩歌集》文字部分．詩與歌〉，頁110～頁111。

〔註17〕參見趙如蘭編：《趙元任音樂論文集》，〈《新詩歌集》文字部分．詩與歌〉，頁110～頁111。

〔註18〕參見趙如蘭編：《趙元任音樂論文集》，〈討論作歌的兩封公開的信〉，頁59～頁60。

自獨立的兩項藝術。關於此，趙先生也有著與青主相同的見解，筆者已於前段的文中略述。其實，「樂」與「詩」二者，不因找不到能為新詩譜曲的人，新詩便不可誦讀；作詩的人未必能作曲，作曲者也未必能全然符合原創詩人的本意。因此，不論新詩或是後來譜成的樂曲，總會多少受到限制，倘若能脫離樂曲或詩詞本身的羈絆，二者將有更為客觀的藝術表現。

2. 詩藝與樂藝的互通關係

再者，青主又論道「2.詩和樂雖然是各有它的獨立生命，但是詩和樂卻可以互通消息，並可以交相為用，以不至於戕賊了自己的獨立生命為度。」〔註19〕，因此，「詩」與「樂」從二者的關係來看，二者是互通信息，交相為用的，至此更清楚地釐清了「詩」與「樂」的獨立性與結合程度。這樣的見解，倒是趙先生未曾談論到的，然而，青主卻能在「樂」與「詩」各視為獨立藝術的情況下，再探討互通的關係，將「詩」與「樂」的獨立性與結合程度，更明確地立說。

3. 詩藝與樂藝的獨立與牽制

青主在前述的兩項原則下，又更詳述了其中的內涵，「詩受了音律的限制，自然是沒有詩的獨立生命可說；一首拿來唱奏的樂歌，如果受了字音的限制，不是也沒有樂的獨立生命可說麼？」〔註20〕，因此，詩應不受音律的限制，才有自然而獨立的生命可言。同理，唱奏的樂曲，一旦受制於字音所限，便無法發揮獨立的生命。然而，「樂歌離開了詩，絕不至於喪失了它的獨立生命，因為那些唱音可以用一種相當的樂器奏出來。但是在這種情形下，既經是不成其為樂歌，亦並不是無文字的樂歌的體制；它的獨立生命雖然可以保全，但是既經是失了它的本來面目。」〔註21〕，這意味著樂曲中的詩文抽離後，樂曲仍可保持著一種僅有音樂而無文字的獨立生命，但它的面目終究與先前的面貌有所不同。

倘若「文字和音樂外面得不到很好的調劑的時候，寧可以曲害文，和它的特別一種精神；以曲害文，這不至於剝喪了那首樂歌的情景和精神；以文害曲，那首樂歌的情景和精神都要受害，或則竟至於不成其為一首樂歌。」〔註22〕，

〔註19〕參見趙如蘭編：《趙元任音樂論文集》，〈討論作歌的兩封公開的信〉，頁59～頁60。
〔註20〕參見趙如蘭編：《趙元任音樂論文集》，〈討論作歌的兩封公開的信〉，頁60。
〔註21〕參見趙如蘭編：《趙元任音樂論文集》，〈討論作歌的兩封公開的信〉，頁60。
〔註22〕參見趙如蘭編：《趙元任音樂論文集》，〈討論作歌的兩封公開的信〉，頁60。

因此，當面臨文字和音樂相互得不到良好的調劑時，在音樂的立場上，寧可以曲害文，實不宜以文害曲，如此才不至於剝奪了音樂中的重要精神。再者，若也能把文字和音樂都搭配得非常適宜，能夠表現出一種明晰的情景，與優美的精神樣貌，這便是最自然且最良善的做法。

二、趙元任詩與樂的結合

音樂上，筆者從趙先生〈也是微雲〉的樂曲中，以新詩與樂句音節的處置，新詩平仄與樂句音高的使用，以及新詩與樂曲的情感融合等方面，深入探討趙先生樂歌結合胡先生新詩的實踐性。

（一）新詩與樂句音節的處置

第一，句中音節或句末一詞，多有拉長音長的現象，「也是微雲，也是微雲過後月光明」，第一句「也是」的「是」，長至三拍的音長，第三拍裡則有十六分音符的節拍，作音腔的變化；「微雲」的句末「雲」字，以「♪♩.」呈現，音長拉長至二拍，作為斷句之結。如譜例一〔註 23〕：

第二句「也是」的「是」，與前句相同，拉長至三拍的音長長度，但此處的「微雲」，則與後面出現的「過後」，一併以「♬」唱出。最後，「也是微雲過後月光明」的「明」字，則與前句「雲」字相同，同以「♪♩.」呈現，音長拉長至二拍之多。如譜例二〔註 24〕：

況且，第二句「也是微雲過後月光明」的旋律，是從前句「也是微雲」發展而來，僅稍在節奏上略作些微的變化，如：第一句的「也」字，以兩個八分音符呈現；第二句的「也」字，則以前附點八分音符，後十六分音符的拍子譜寫；第二句的「微雲過後」，則推進到前一小節的第四拍唱出；第一句的「微

〔註 23〕參見趙元任著：《新詩歌集》，〈也是微雲〉，頁 16。
〔註 24〕參見趙元任著：《新詩歌集》，〈也是微雲〉，頁 16。

雲」，以八分音符唱出「微」字，而以前短後長的「♪♩.」，唱出「雲」字；第二句的「微雲過後」，則以四個十六分音符呈現，「月光明」再以前句的「微雲」節奏為基礎，每個字音皆以兩個十六分音符的圓滑奏演唱，故而此句便與「微雲過後」一句，略微不同。

再來，「只不見去年的遊伴」，詩詞中的音節，依據文意可於「只不見」的「見」字，「遊伴」的「伴」字，「去年」的「年」字，作些微的停頓。趙先生亦於上述的前二例，採以拉長字音音節與樂拍音長的方式，以及「♪♩.」來表現音節的頓斷。如譜例三〔註 25〕：

「只沒有當日的心情」，朗誦時音節的頓斷處，便停在「有」、「日」與「情」字之上，音樂於這些音上，亦以較長的音長呈現。基本上，此段的音型，大致是以前句「只不見去年的遊伴」為基礎，它的節奏再略作些微的變化來表現。如譜例四〔註 26〕：

「不願勾起相思」，此段文意音節的頓斷處，分別為「願」、「起」、「思」等字，趙先生在處理樂譜的部分，亦在此三處作長拍的處理。如譜例五〔註 27〕：

「不敢出門看月」，此段音節的頓斷處，分別為「敢」、「門」、「月」等字，趙先生亦在這三處作音長的加長。如譜例六〔註 28〕：

〔註 25〕參見趙元任著：《新詩歌集》，〈也是微雲〉，頁 16。
〔註 26〕參見趙元任著：《新詩歌集》，〈也是微雲〉，頁 16。
〔註 27〕參見趙元任著：《新詩歌集》，〈也是微雲〉，頁 16。
〔註 28〕參見趙元任著：《新詩歌集》，〈也是微雲〉，頁 16。

「偏偏月進窗來」與「害我相思一夜」二段，分別於「偏」、「進」、「來」，「我」、「思」、「夜」等字，將音長拉長並作詞語的頓斷。如譜例七〔註 29〕：

由上述各段的說明可知，趙先生對於新詩與樂句音節的安排，多所注意。旋律的譜曲，須配合新詩的音節頓斷，來作節拍與音長的調整。雖然為求與歌詞的搭配，作曲者所安排的音樂節拍與音長，實有害於文學本身意境上的傳播。但在趙先生的巧思之下，仿照古詩詞吟唱的方式編曲，將一兩個字刻意拉長，或作花腔的變化，節奏較為自由。儘量不以曲害文，或以文害曲，使得文學與音樂的結合上，既能傳達詩詞所欲表達的情感，也能自然地表現音樂的藝術性，透過樂曲的創作，將二者的關係連結地更為緊密。

（二）新詩平仄與樂句音高的使用

第二，樂曲音高與歌詞平仄的搭配。關於〈也是微雲〉歌詞的讀音上，依據《新詩歌集·《新詩歌集》文字部分·歌詞讀音》所言，本是採用較為守舊的北京音腔作為讀音。況且，關於音高與歌詞平仄，未必依照「凡是遇到平聲字旋律就比較長一點的音或是略為下降的幾個音。凡是遇到仄聲字的時候，旋律上就用比較短也比較高的音，或是變動很快、跳躍很大的音。」〔註 30〕的規則來譜曲。如：首句「也是微雲」，平仄聲依序為「仄仄平平」，若依據前述的規則來說，前部應為音長短而音高較高的旋律，後部則為音長長而音高較低的旋律。然而，未必盡然。如譜例一〔註 31〕：

〔註 29〕參見趙元任著：《新詩歌集》，〈也是微雲〉，頁 16～頁 17。

〔註 30〕參見趙如蘭編：《趙元任音樂論文集》，〈中國語言裡的聲調、語調、唱讀、吟詩、韻白、依聲調作曲和不依聲調作曲〉，頁 11。

〔註 31〕參見趙元任著：《新詩歌集》，〈也是微雲〉，頁 16。

再從「是」字的音長言之，趙先生最先採以二拍的音長唱出，後面才以如花音般的轉折，延長至本小節結束。音高上，出現了此樂句的最高音——「b^1」音，與趙先生所論及的仄聲字音高較高的規則吻合。另外，關於「微」字，「微」本為平聲字，二音的音長時值共為一拍，音高為「f^1、e^1」的下降音階。從音長來看，「微」字與首字的「也」，音長時值並無不同，但音高上，「微」字則為下行音階。因此，由前述的樂句見得，平聲字與仄聲字的音長或音高，未必完全顛覆舊規則，僅採以或符合平仄聲音長長短，或平仄聲音高高低的方式來進行。如譜例三〔註32〕：

「只不見去年的遊伴」一句，「見」字本身是仄聲字，此樂音音長為二拍，但它的音高卻無法顯見音域的高低；「伴」字則為仄聲字，音長亦佔二拍之多，音高為此樂句的最高音——「e^2」，僅次於全曲的最高音高「f^2」；「年」字為平聲字，音長一拍；「遊」字亦為平聲字，作向上音階的爬行，二音的音長共為一拍，為仄聲「見」與「伴」字音長的一半。因此，平聲「年」字與「遊」字於此樂句中，實較仄聲的「見」與「伴」字音長略短。由此可知，這裡的音長安排，亦未吻合平聲音長稍長，仄聲音長較短的規律。至於音高上則未有較顯著的例證顯示。如譜例五〔註33〕：

「不願勾起相思」一句，先從「願」字來看，「願」字為仄聲字，音長為此樂句的最長音，有二拍之多；「起」字為仄聲字，最初的音高以「c^1」起音，

〔註32〕參見趙元任著：《新詩歌集》，〈也是微雲〉，頁16。
〔註33〕參見趙元任著：《新詩歌集》，〈也是微雲〉，頁16。

是樂句的最高音，它的音域變動較大，作了「a^1、b、f^1」的高低起伏變化，但音長時值僅為一拍半，又較平聲八分音符半拍的「勾」字音長長。因此，此處的「願」字、「起」字與「勾」字見得，平聲音長可能稍長亦可能較短，仄聲字音域固然較平聲字高，但它的音長卻未較同樂句的平聲字短。

根據上述之例，從字音平仄、樂音音長與音高的配合來說，趙先生實未完全遵照舊有的方式來譜曲，他注意到文字本身的獨立性，樂歌的精神也有所發揮，因而能跳脫昔日的窠舊，依據個人喜好，或樂曲中的趣味變化，以自然、順勢而又合理的方式來呈現之。此部分與〈秋鐘〉、〈瓶花〉等樂曲的處理模式，亦為相同。

（三）新詩與樂曲的情感融合

再談新詩與樂曲上的搭配。趙先生於全曲的開頭標示著「Adagio rubato」〔註 34〕的速度，即提醒演奏者能運用慢速且彈性的方式來詮釋。開頭先以弱起拍子的前奏二小節帶出旋律來，「也是微雲，也是微雲過後月光明。」一段歌詞，從音樂上來看，二句「也是微雲」的「是」字，以二分音符的長拍，與十六分音符如花音的轉折，帶出後面的「微雲」與「微雲過後」一詞來。首句的「微雲」，採以較圓滑的方式唱出，尤其，趙先生於《新詩歌集．歌詞讀音》中，特別提及「是」字的演唱法：「『也是微雲』的是字有四慢拍，頭一拍可以照平常是字音讀，以後漸漸的放寬，到第四拍差不多就唱成「呃」音了。但是這個得要唱得沒有痕跡，不要把四拍全唸成「設—呃—呃—呃」，也不要從是音忽然變到呃音，總得要漸漸的來才好。」〔註 35〕，因此，儘管「是」字音長稍長，但「音色」的部分仍須用心調整，才能表現其中的音樂美。筆者以為，趙先生有鑑於此，故而特別地提出討論。如譜例一〔註 36〕：

〔註 34〕「adagio」，參見國立編譯館編訂：《音樂名詞．詞語篇》，稱之為「慢板」，頁 1；「rubato」，參見國立編譯館編訂：《音樂名詞．詞語篇》，稱「rubato」作「彈性速度」，頁 49。二詞連接後，其意則為「以彈性的慢板」速度來演奏。

〔註 35〕參見趙如蘭編：《趙元任音樂論文集》，〈《新詩歌集》文字部分．歌詞讀音〉，頁 124～頁 125。

〔註 36〕參見趙元任著：《新詩歌集》，〈也是微雲〉，頁 16。

再來，第二句「微雲過後」之後的「微雲」與「過後」二詞，在音樂上的表現則與首句的「微雲」，略顯不同，此處採用十六分音符的拍子唱出。這裡「微雲過後」四個音，分別以「♬」演唱，旋律向高音域爬升，易提起他人的注意。而樂句直到「月光明」之後，才分別單獨以圓滑奏呈現。如譜例二〔註 37〕：

至此，再往下繼續推進到「只不見去年的遊伴」一句，音樂上的表現，隨著旋律音階的上行，逐漸增強，直至「遊伴」一詞作漸強之勢，達到最大的強度，點出不見「遊伴」的相思與無奈之情。如譜例三〔註 38〕：

「只沒有當日的心情」一句，音強較前句稍收斂，速度於「日」字稍漸慢，藉以凸顯無好心情的傷感，更帶出全詩整體愁悶的氛圍。原則上整句的音強，維持在一定的音量上，無過多或特殊的變化。趙先生曾談到關於此段的唱音，應注意到「『當日的心情』的日字只有一拍多一點兒，可以不用變韻，唱時只要把舌尖放鬆一點就行了。照舊式的唱曲法是日字得要唸成，「古音」ri，這雖然比今音好唱，但太不自然了。」〔註 39〕，即為趙先生針對「日」字演唱的剖析。如譜例四〔註 40〕：

〔註 37〕參見趙元任著：《新詩歌集》，〈也是微雲〉，頁 16。

〔註 38〕參見趙元任著：《新詩歌集》，〈也是微雲〉，頁 16。

〔註 39〕參見趙如蘭編：《趙元任音樂論文集》，〈《新詩歌集》文字部分．歌詞讀音〉，頁 124～頁 125。

〔註 40〕參見趙元任著：《新詩歌集》，〈也是微雲〉，頁 16。

斷句之後，「不願勾起相思」一句，尚銜接前述的速度與音量來演唱，「不敢出門看月」一句，亦是如此。如譜例五〔註 41〕、譜例六〔註 42〕：

前句以「相思」作結，「思」字的節拍為「♬♩.」；後句的結尾「看月」的「月」字則作「♪♩.」。這二處節拍皆前短後長，尾音有著前輕後重的味道存在。「♬♩.」於第四句「只沒有當日的心情」的「情」字，如譜例四，亦曾使用過；「♪♩.」於第一句的「也是微雲」的「雲」字，如譜例一，以及第二句「也是微雲過後月光明」的句尾「明」一字，如譜例二，皆重複運用「♪♩.」作為結尾。由此看來，趙先生極可能有意安排這種有別正規節奏的演唱，使得音樂聽來別有風味。

最後的第二句，「偏偏月進窗來」則與先前的樂曲表現，稍顯不同。最先由「偏偏」一詞，以三拍的音長，推進到下個音節「月進」一詞，第二個「偏」字音長作三拍，「進」字的音長亦為三拍，音強強度至此恰為整個樂句的最高點，此音強強度再推進到「窗來」，「窗來」的「來」字，音強便隨著音階的下降而漸弱。另外，趙先生特別談起，「從『偏偏月進窗來』以下，唱者伴奏者都要用一點兒一鬆一緊的唱奏法，大約總是前三拍由鬆而緊，第四拍由緊而鬆，但是也不能太呆板就是了。」〔註 43〕，正說明演唱者與伴奏皆應注意音色的掌握，再依循個人的情感，收放自如地演唱出。如譜例八〔註 44〕：

〔註 41〕參見趙元任著：《新詩歌集》，〈也是微雲〉，頁 16。
〔註 42〕參見趙元任著：《新詩歌集》，〈也是微雲〉，頁 16。
〔註 43〕參見趙如蘭編：《趙元任音樂論文集》，〈《新詩歌集》文字部分．歌詞讀音〉，頁 124。
〔註 44〕參見趙元任著：《新詩歌集》，〈也是微雲〉，頁 16～頁 17。

再來，最末句「害我相思一夜」，「相思」的「思」字，音長長至三拍，它的節奏形式與前述的樂句句尾節拍類似，此處為兩個十六分音符與兩拍的音，再連結到半拍的八分音符來呈現，亦為前輕後重的拍式。又最末「一夜」的「夜」字，則為兩個十六分音符與四拍半的固定長拍，如譜例九〔註45〕：

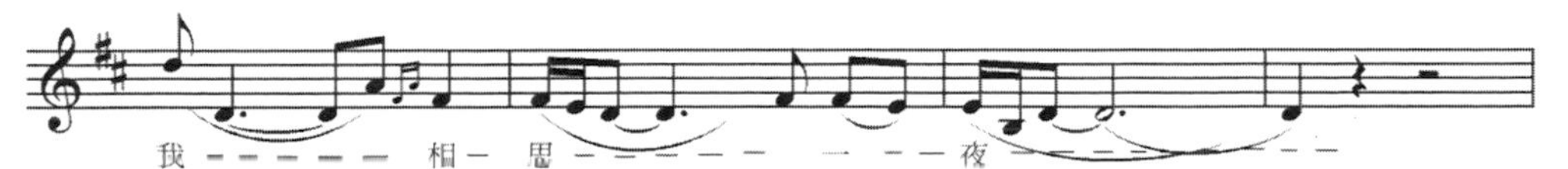

因此，整首〈也是微雲〉的樂句結尾，多採「♪♩.」演唱，實讓音樂聽來有著前輕後重的效果。再者，趙先生對於伴奏和聲的處理，從「偏偏月進窗來」一句至全曲結尾，一併採用級進的和聲來演奏，如譜例十〔註46〕：

〔註45〕參見趙元任著：《新詩歌集》，〈也是微雲〉，頁17。
〔註46〕參見趙元任著：《新詩歌集》，〈也是微雲〉，頁16～頁17。

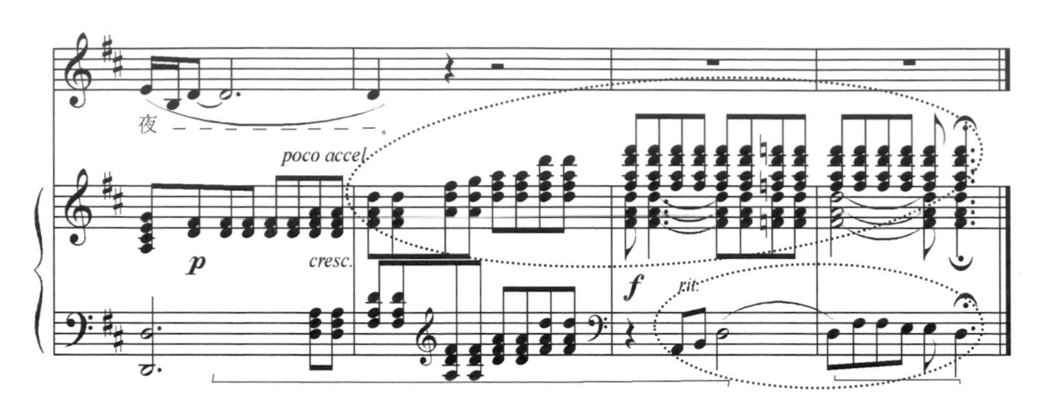

和聲的運用上，於每一字詞中更換一和絃，和絃多持續數拍，於每字的拍數之內，略作些微的變化。至於全曲的調性，從「也是微雲」至「只沒有當日的心情」止，調性為 D 大調。而「只沒有當日的心情」一句，其中「只」與「心」字的伴奏，則出現兩處「V」級第二轉位的和絃，這正讓樂曲於原調的行進之中，有些變化。爾後，再於「有」與「情」字之上，回到「V」級的原位和絃來。

另外，「不願勾起相思，不敢出門看月」，由於 c^1 音（伴奏 C^1、c）的還原與升 d^1 音（伴奏 D^1、d）的加入，再轉為 e 小調。如譜例十一〔註 47〕：

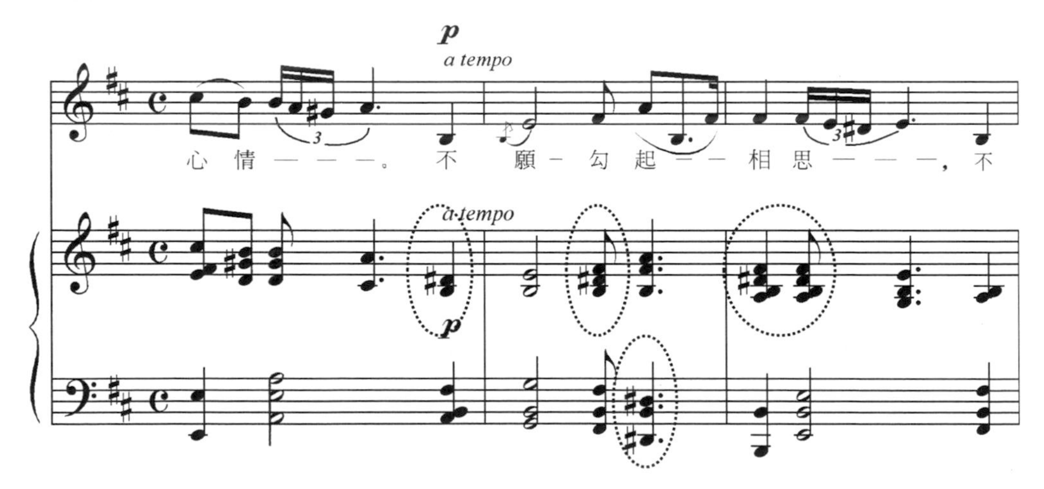

〔註 47〕參見趙元任著：《新詩歌集》，〈也是微雲〉，頁 17。

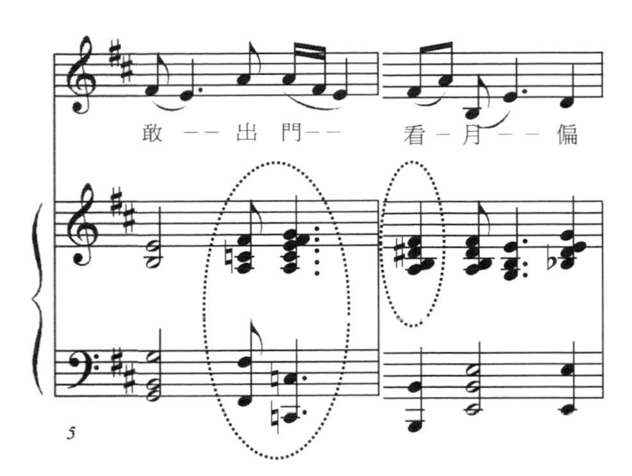

從頭至此，和絃多在中低音域出現，再配合著近系的轉調，讓音樂呈現著朦朧而幽暗之感。

最後，「偏偏月進窗來」至「害我相思一夜」結束，便回到全曲原調——D大調。起初的「偏偏月進窗來」，於高音區採用D大調主和絃來演奏，情感激動，音樂聽來激越明亮。但自「害」字之後，藉由高低聲部的兩個降低三音的和絃加入，使得音樂色彩轉為幽暗。而此句的旋律，先作上行的音階爬行，直至末尾，才又以下行的音階作收尾。原則上，音階向上行進，音強便有著漸強之勢，趙先生於樂譜上，亦有「cresc.」的表情記號標示；反之，音階往下行進，音強便逐漸減弱。「害我相思一夜」中的「我」與「相」字，亦與前面的「害」字情況類似，此處的「我」字，先有三拍主和絃的行進，在進入「相思」後，便加入一升A、a¹的八度音，讓音樂色彩較「害我」更為暗沉。因此，這種主調和絃中所加入的升降臨時變化，足讓樂曲的色彩更為鮮明，亦更易引人注意。

最後，伴奏和絃以三小節的主和絃作結尾，先作上行的音階行進，音強也逐漸增強，爾後，再持續數拍，以凸出主和絃的明亮色彩。況且，低音使用著與前奏相同的主要旋律，作漸慢之勢，至此高聲部的和絃與低音部的主旋律，才一併終結。綜合上述所言，這種藉由和絃伴奏行進的手法，帶動了全曲情感的流動，實為本樂曲創作的重要特色。如譜例十。

從整首〈也是微雲〉來看，樂曲旋律的部分帶有中國色彩的湘江浪調式〔註48〕，又近乎於中國的五聲商調式音階，而鋼琴伴奏則是典型的西方色彩〔註49〕。

〔註48〕參見劉塞雲等著：《趙元任紀念專刊》，頁30。
〔註49〕參見趙如蘭編：《趙元任音樂論文集》，〈我父親的音樂生活〉，頁7。

筆者以為，儘管伴奏的和聲僅是輕描淡寫，未必很注重濃厚的和聲，但趙先生在他的音樂創作裡，將民間曲調注入其中，使得樂曲富含著民俗風格之味，由此也讓本首樂曲獲得了獨特的藝術效果。

三、趙元任詩與樂結合的缺失

趙先生在談過了「白話詩」與「歌曲」的獨立性，以及他人新詩與個人樂曲結合的實踐後，尚論及新詩譜成音樂的缺失處。

（一）樂曲歌調未必較字音的語調自然

首先，談到「在節律（rhythm）〔註50〕方面，歌調寫得唱得無論怎麼 rubato〔註51〕，總是比用語調讀詩要有規則一點，而且有些音免不了要比普通讀字的音拉得長些，這也是歌調沒有語調自然的地方。」〔註52〕，筆者以為，畢竟新詩之中，朗誦的節奏本有它自然的韻律，這種文學的自然韻律，藉由每位讀者的個人感受，或即興表現，或揣摩發揮，這種特有的體會與詮釋方式，可讓原創者的創作內涵與用心之處，清楚地表達而出。因此，這樣的表現可說是既彈性又自由，不須接受太多的拘束，文學中便可傳達出活潑且自然的節律性。

（二）新詩的創作易受制於音樂的形式

文學性的創作，一旦與音樂融合後，難免受制於音樂形式的影響，文學性雖未消失殆盡，採由另一種歌唱形式來表現，如：每小節有著固定的拍數；曲式上為求規律，有著重覆的音型出現；為求樂曲與歌詞的和諧，對於歌詞的平仄音高與旋律音高的變化，得須多加配合；每句歌詞的段落，也應與樂句段落互為搭配。然而，儘管樂曲的速度，能將歌詞唱得多麼地「rubat」（彈性速度）〔註53〕，不受節拍約束，可以任意加快或減慢地自由表現，終究沒有純粹作為文學，採以朗誦、吟詩那般的形式來得自然單純。

（三）樂調音色與新詩價值的權衡不易

另外，趙先生在提及〈也是微雲〉曲時，談到樂曲的技術（technique）方

〔註50〕參見國立編譯館編訂：《音樂名詞．詞語篇》，可作「節奏」或「句節」，頁48。
〔註51〕參見國立編譯館編訂：《音樂名詞．詞語篇》，作「彈性速度」，頁49。
〔註52〕參見趙如蘭編：《趙元任音樂論文集．訪談趙元任兼談詞曲的配合》，頁111。
〔註53〕參見國立編譯館編訂：《音樂名詞．詞語篇》，此處的「rubat」應作「rubato」較正確，頁49。

面，就是要把快音唱得圓，長音唱得有「vigrato」〔註 54〕，要用富有感情的方式來唱奏〔註 55〕。又談論到「唱外國語或中國語歌詞的須要切記的，就是唱歌一方面要表情達意，一方面要作美的樂音。」〔註 56〕，但真正卻不易做到。筆者以為，依據曲中「Adagio rubato」〔註 57〕、歌詞文意與趙先生的歌注看來，本首宜以慢板、彈性且較為抒情的方式來詮釋。因為，趙先生前段所論的，不外乎要求歌詞上音讀的正確與文意上的確實傳達，樂曲中亦欲作較美的音調。但是，一旦過於重視樂曲的情況下，極可能犧牲了原先的文學價值，故而二者之間，實應多加衡量之。

（四）小結

由此可見，趙先生實不諱言地談到詩與樂結合後的缺失。其實，「文學的作品裡本來沒有音樂，可是改成了音樂作品，原來的文學價值也就剩了不多了。」〔註 58〕，因此，音樂與文學的藝術性，一經結合後，雙方為遷就彼此，欲再盡其發揮各別的藝術性與獨特性，難免失之平衡，多少都有偏重　方的問題存在，故而詩與樂結合後的缺失，似乎極難避免，僅能多以自然又能傳達個人情感，且不失於樂山編寫原則與新詩創作的特性，來作適當地調整。

筆者經先前的舉例分析後，見得趙先生的音樂創作中，不外乎強調的是，將文學作品賦予音樂的樂曲後，必須注意新詩與樂曲上的搭配。因此，趙先生為讓音樂與文學結合後的藝術性，能達到彼此協調，相互遷就的目的，不論在新詩與樂句音節的處置，新詩平仄與樂句音高的使用，以及新詩與樂曲的情感

〔註 54〕參見國立編譯館編訂：《音樂名詞．詞語篇》，應作「vibrato」較正確，中文解釋為振動、振動音，頁 64。參見康謳著：《大陸音樂辭典》，「在聲樂方面，振動音的真正意思並不太確定，而且它常常跟顫音（tremolo）分辨不清。依據一些專家的意見，聲樂的振動音是一種迅速、同音高的反復（通常一秒鐘八次）。發聲時，聲帶固定，呼吸迅速而斷續。這種作用相當於絃樂家們所稱的暫音（tremolo）。多數歌唱家把振動音（vibrato）這名詞代表一種不太明顯的搖擺音，此作用就相當於提琴家的緩和振動音，因為它增加音的感情效果而不致於明顯的升降音高。過份的振動造成真正的不穩定。是由於缺乏對發聲器官的控制、極端疲勞或是生理上的原因。這種不良的作用被聲樂家稱為顫音（tremolo）。所以說絃樂家的顫音與此完全不同。」，頁 1400。

〔註 55〕參見趙如蘭編：《趙元任音樂論文集》，〈新詩歌集．歌詞讀音〉，頁 124。

〔註 56〕參見趙如蘭編：《趙元任音樂論文集》，〈歌詞中的國音〉，頁 29。

〔註 57〕參見國立編譯館編訂：《音樂名詞．詞語篇》，稱「Adagio」作「慢板」，頁 1；稱「rubato」作「彈性速度」，頁 49。

〔註 58〕參見趙如蘭編：《趙元任音樂論文集．訪談趙元任兼談詞曲的配合》，頁 113。

融合上，皆多有巧思。

第四節　結論

總結上述所論，從胡先生新詩形式與內容的理論，〈也是微雲〉詩作的實踐，與趙先生的詩樂理論，以〈也是微雲〉曲為例，來談趙先生個人對於新詩與樂曲結合的觀點。

首先，從胡先生所談的「詩體的大解放」來作探討，第一，打破舊詩體的形式，做到不拘格律，不受限於字詞的平仄與句式的長短，讓詩體的精神內容，至此充分地獲得舒展。再者，〈也是微雲〉歌詞的章法與句式，整體來說，雖較為一致，但各句之間仍是參差不齊，即便是小處之中，也能呈現出不規則的變化來。

第二，關於新詩的「節」與「音」。所謂「節」，是指新詩中的音節段落，依據詩中的意義與文法，自然地區別出節段來。這些音節的節段，較近體詩更為多變、有彈性，而且，節奏性與音調性也較近體詩更為活潑自然。「音」的部分，主要講求平仄自然，況且，新詩所採用的白話文體，僅有自然輕重的高下之別，尚無嚴格的平仄區分。

第三，用韻自然的問題。新詩的用韻可能採以不同的韻腳方式，讓新詩的聲韻能於自然的音節中有所變化，也在自然的輕重高下，與語氣自然的氛圍中，呈現出音調和諧的樣貌。

再從新詩的內容言之，〈也是微雲〉中，主要從「情」、「景」、「時」與「空」等四方面來作鋪排。即採用具體或抽象的寫作手法來創作新詩，這種抽象與具體的交合摻用下，讓人讀來有著鮮明影像的顯現，亦實踐了胡先生所言的新詩創作理論。

另外，趙先生對於新詩或音樂理論的主張，主要有下列數點：第一，詩的原創者與音樂的創作人，並非同一人，因此，若欲將新詩的文學性與曲譜中的音樂性，搭配到盡善盡美之境，頗為不易。第二，新詩與樂曲中，本各有它們的藝術性與獨立性，不論是新詩，抑或是譜成的樂曲，終究會受到不少的限制，故而應脫離樂曲或詩詞本身的羈絆，才足以形成客觀的藝術表現。第三，以第二要點為基礎，再提出新詩朗誦的節奏，本有著自然的規律性。它的表現是有彈性的且自由的，不須接受過多的拘束，而那種活潑且自然的文學節律性，仍與前者相伴而生。但是，文學性的創作，一旦與音樂相為融合後，便可能轉換為其他的歌唱形式來表現，文學性因而略顯薄弱，轉由較多的音樂要素來補足之。

最後，從趙先生的〈也是微雲〉曲來探討，音樂上主要有三項較大的特徵。第一，句中音節的處置。句中音節或句末一詞，多有拉長音長的現象；第二，音高平仄的使用。樂曲音高與歌詞平仄的搭配上，除了遵循舊有的規範下，尚重視樂曲的趣味變化，採以自然、順勢且又合理的方式來編排，這與趙先生在〈秋鐘〉、〈瓶花〉曲中的處理方式相同；第三，新詩與樂曲的情感融合。主要講求歌詞音讀的音色與音量，以及文意上的確實傳達，再由和絃伴奏的行進，帶動全曲情感的流動。

根據上述所言，構成一首富涵文學性與音樂性的樂曲，尚須仔細檢視其中的內涵要素，包含結構的組織、題材的選用、音色的處理、速度的快慢、語言的段落等，無不緊密相扣。況且，不論是新詩，抑或是樂曲，本各有它們的獨立性與藝術性。兩者一旦結合後，必然受到二者內容與形式的影響，故而有所變化。但若能掌握得音樂與文學的共鳴點，又將各自的獨特性予以發揮，便更能體現出音樂與文學結合後，所具的音韻與樣貌。

尤其，胡先生〈也是微雲〉的新詩，是白話新文學運動下的產物之一，經趙先生的譜曲之後，讓文學與音樂的結合，充滿著創新、多變的時代精神，新詩新文體已能擺脫束縛，音樂中的詩樂亦能開闢出一條蹊徑來。因此，二者的內在精神與要義，皆能有所體現。由此亦能看出藝術的價值，將臻於更為成熟之境，尚能於歷史的洪流中，奠定重要的基礎，為後世的發展，帶來不可抹滅的影響。因此，〈也是微雲〉曲，可視為音樂理論與文學理論的綜合運用，實為劃時代的代表作品之一。

第五章　論趙元任樂歌結合胡適〈上山〉的創作手法——以《新詩歌集・上山》為例

第一節　前言

趙元任先生的藝術歌曲——《新詩歌集》〔註1〕，歌詞取材於當時詩人的新詩，是他個人重要的音樂代表作。當他創作這些樂曲的時候，個人長年旅居國外，未必身處國內，在中國活躍的時間，前後僅約十四年之久〔註2〕。然而，他在國內的時間，恰是五四運動擴大影響的那幾年。因此，五四運動後，所推動的白話文運動、新文體的創建、新思想的吸收，以及社會的改革，便自然地在他的藝術歌曲創作中有所反映。

關於「藝術歌曲」的創作，它本是人文與藝術的結合。趙先生的藝術歌曲，音樂上，深受西方音樂的影響，但又不失中國傳統曲味；文學上，詩體的解放，讓新詩無論在形式上或內容上，多能反映五四新文化的精神樣貌。

再者，趙先生的〈上山〉曲，歌詞為胡適先生的〈上山〉詩。歌詞中的

〔註1〕參見趙元任著：《新詩歌集》。

〔註2〕參見汪毓和著：《中國近現代音樂史》，1920年回國任教清華學校物理學、數學、心理學講師，擔任英國哲學家羅素翻譯，與楊步偉女士結婚，婚後再次赴美於哈佛大學攻讀語言學，並任教哲學及中國語言學；1925年攜妻及二女回國，任清華大學國學研究院教授；1929年至1938年，任國立中央研究院歷史語言研究所語言組主任，頁121～頁122。

新詩，塑造出積極進取、不畏艱難、不怕困苦的登山者形象，他企圖衝破環境的限制，努力地開闢出一條道路來，以完成高遠的理想與目標。這樣敘寫著登山者勇往直前，迎向朝陽的形象，恰呈現出當時的民主革命之士，面臨時代環境的劇變，所蘊含的澎湃思潮，故而〈上山〉詩可說是富含著深刻的歷史意義。

尚且，〈上山〉曲的音樂富於變化，且情感活潑，他這樣為富有勇敢精神與奮發上進的詩篇，予以譜曲的舉動，無不透露著個人對於原詩作思想內涵的認同，實為當時的樂壇，注入新生命。因此，趙先生為此類的新詩譜曲，實有闡揚與擴大宣傳的用意存在，故而筆者採用這些素材，來探討趙先生藝術歌曲的創作手法。

第二節　胡適〈上山〉析論

由於趙先生的〈上山〉歌曲，歌詞的部分，是取材自胡先生的〈上山〉新詩。因此，若欲探求趙先生樂曲的藝術特徵，將先從〈上山〉新詩的時代背景與組織談起，筆者即分別細述如下：

一、胡適〈上山〉的時代背景

（一）政治社會的變動

胡先生〈上山〉的新詩作品，原載於一九一九年十二月一日《新潮》第二卷第二號中。其創作的時間是五四運動爆發後的一九一九年九月二十八夜所作〔註 3〕。當時的政治社會，局勢不穩，北京政府為抑制五四之後，所引發的全國性波動，便採取壓迫的手段，拘捕學生與封禁監視報紙等方式，讓急欲發揮愛民族、愛國家與愛公理的民眾，難以實踐理想。況且，這些抱持著愛國與愛公理的百姓，一旦付諸行動，就得忍得住痛苦，因為這樣的抗爭舉動，極可能遭遇慘痛的代價。

文學上，自五四運動後，白話文學成為當時新文學的主流，除了《新青年》、《每週評論》、《新潮》等主要的刊物，登載時使用白話文寫成文學作品外，在中國的其他重要大城裡，也紛紛湧現不少的白話報章雜誌，如：《星期評論》、《建設》、《解放與改造》、《少年中國》；北京的《晨報》「副刊」、上海

〔註 3〕參見歐陽哲生編：《胡適文集 9》，〈嘗試集．第二編〉，頁 147。

《民國日報》的副刊「覺悟」，以及《時事新報》的副刊「學燈」等，皆是致力提倡白話文學的重要刊物〔註4〕。而胡先生也於各類文集中，論述了當時文藝論壇的現況，同時反映了當時社會與文化的變動性，是對舊時代與舊觀念的一種反動，且又同時傳達出當時愛國家及愛民族的真摯表現。因此，在這大時代的變動下，文壇上遂有文學革命的產生。

（二）新詩文體的解放

關於文學革命的議題，在當時的文學創作中，帶來重要的影響。胡先生曾提及：

> 文學革命的目的是要替中國創造一種「國語的文學」——活的文學。這兩年來的成績，國語的散文是已過了辯論的時期，到了多數人實行的時期了。只有國語的韻文——所謂「新詩」——還脫不了許多人的懷疑。但是現在做新詩的人也就不少了。報紙上所載的，自北京到廣州，自上海到成都，多有新詩出現。〔註5〕

此段文字主要論述，文學革命是為創造活的語言而生。由於當時白話文運動的推行，已行之有年，因而散文的文體，早已普及大眾，成為平日書信寫作的主要形式。然而，近現代發展出來的國語韻文——新詩，倒是還未能讓全民完全接受，仍有不少的質疑聲存在。其實，新詩的產生，並非刻意地鼓吹，本是舊體韻文自然進化的趨勢，它的發展不受舊體韻文的平仄與字數等規範所約束，而保有文學中節奏美與音調美的特徵。況且，新體詩一旦為多數人所用，這種風潮便隨之綿延不斷地傳播於全國各大城與鄉間中，故而新詩的詩體與實際的寫作，至此便逐步地紮根於全國上下，通行全國。因此，文學革命所帶來的影響力，不容輕易忽視。

另外，文學革命所帶來的文體解放，胡適先生提到：

> 文學革命的運動，不論古今中外，大概都是從「文的形式」一方面下手，大概都是先要求語言文字文體等方面的大解放。……這一次中國文學的革命運動，也是先要求語言文字和文體的解放。〔註6〕

〔註4〕參見林啟彥：《中國學術思想史》，（台北：書林出版有限公司，2005年7月），頁347～頁348。

〔註5〕參見歐陽哲生編：《胡適文集2．胡適文存．談新詩——八年來一件大事》，頁133～頁134。

〔註6〕參見歐陽哲生編：《胡適文集2．胡適文存．談新詩——八年來一件大事》，頁134。

此次中國的文學革命，胡先生視之為第四次的詩體解放〔註 7〕。這樣的解放，主要先從「文的形式」著手，爾後，才由「文的內容」以發揮個人的情感思想。此段引言主要從「文的形式」來談，強調的是語言文字與文體的大解放，這是打破舊有五言、七言的詩體，又推翻詞調曲譜的種種約束，讓新詩體不再受格律、平仄與長短的拘束，而能在自然的節奏裡，用字的和諧，以及彈性的字數中，能盡情地藉由文字所能傳達的意境，將創作人自身的思想感情，真摯地表露出來。

（三）文學革命的產物

關於胡先生〈上山〉詩，則是當時多變的環境下，歷經多次的錘鍊，因蘊而生的重要產物。關於他的新詩全文，如下：

「努力！努力！
努力望上跑！」

我頭也不回，
汗也不揩，
拼命的爬上山去。

「半山了！努力！
努力望上跑！」

上面已沒有路，
我手攀著石上的青藤，

〔註 7〕參見歐陽哲生編：《胡適文集 2．胡適文存．談新詩——八年來一件大事》，胡先生談到中國古往今來的詩體解放，「《三百篇》究竟還不曾完全脫去『風謠體』（Ballad）的簡單組織。直到南方的騷體文學發生，方才有偉大的長篇韻文。這是一次解放。但是騷賦體用兮些等字煞尾，停頓太多又太長，太不自然了。故漢以後的五七言古詩刪除沒有意思的煞字尾，變成貫串篇章便更自然了……。這是二次解放。五七言成為正宗詩體以後，最大的解放莫如從詩變為詞。五七言詩是不合語言之自然的，因為我們說話絕不能句句是五字或七字。詩變為詞，只是從整齊句法變為比較自然的參差句法。……這是三次解放。宋以後，詞變為曲，曲又經過幾多變化，根本上看來，只是逐漸刪除詞體裡所剩下的許多束縛自由的限制，又加上詞體所缺少的一些東西如襯字套數之類。但是詞曲無論如何解放，終究有一個根本的大拘束；詞曲的發生是和音樂合併的，後來雖有可歌的詞，不必歌的曲，但是始終不能脫離『調子』而獨立，始終不能完全打破詞調曲譜的限制。直到近來的新詩發生，……這是第四次的詩體大解放。」，頁 137～頁 138。

腳尖抵住岩石縫裡的小樹，
一步一步的爬上山去。

「小心點！努力！
努力望上跑！」

樹樁扯破了我的衫袖，
荊棘刺傷了我的雙手，
我好容易打開了一條線路爬上山去。

上面果然是平坦的路，
有好看的野花，
有遮陰的老樹。

但是我可倦了，
衣服都被汗濕遍了，
兩條腿都軟了。

我在樹下睡倒，
聞著那撲鼻的草香，
便昏昏沉沉的睡了一覺。

睡醒來時，天已黑了，
路已行不得了，
「努力」的喊聲也滅了。……

猛省！猛省！
我且坐到天明，
明天絕早跑上最高峰，
去看那日出的奇景！〔註 8〕

由於〈上山〉寫作的外緣環境，深刻地影響著〈上山〉作品的呈現。因此，詩中所刻畫的精力豐沛、不畏艱險、勇往直前的光輝形象，好似象徵著孤苦奮鬥，勇於突破環境限制的革命之士。尤其最後「最高峰」的一詞，彷彿暗喻著尚有高遠的理想，還未實現，因而胡先生筆下的登山者，雖在登上一個山峰後，依仍努力向前邁進，直到看見「那日出的奇景」，方才達到最終的理想目標。

〔註 8〕參見歐陽哲生編：《胡適文集 9》，〈嘗試集．第二編上山〉，頁 147。

因此，新詩中無不蘊含著胡先生所欲透露民主革命下的澎湃激情，以及新文化運動下的白話詩，純用口語、不雕琢、節奏明快與積極向上的特殊風貌。

二、胡適〈上山〉的組織

（一）〈上山〉新詩的章法

〈上山〉詩依胡先生原詩創作的分節，共可分作十一小節，每節行數不等，每行字數不拘，因此，詩行看來排列參差，頗為自由。倘若從文學的內容來分段，筆者以為，可將此十一小節，細分為五個部分，一為「『努力！努力！努力望上跑！』　我頭也不回，汗也不揩，拼命的爬上山去。」，這是爬山最初時，勉勵自我奮力勇往直前、持之以恆、不可懈怠的堅強精神。

二為「『半山了！努力！努力望上跑！』　上面已沒有路，我手攀著石上的青藤，腳尖抵住岩石縫裡的小樹，一步一步的爬上山去。」，此段開頭的「半山了！」，恰點出經過了一番的努力，仍須持續向上才能達到目標的積極精神，然而上面再也沒有道路，未來即將面臨的是必須靠著自己的力量，奮力地攀岩而上，才能更進一步地朝向山峰的路途前進。因此，這裡同是繼第一部分之後，再次的勉勵自我，讓詩文能繼續地順勢推進。

三為「『小心點！努力！努力望上跑！』　樹樁扯破了我的衫袖，荊棘刺傷了我的雙手，我好容易打開了一條線路爬上山去。」，本段開頭的「小心點！」，可說是承接著前二段開頭的「努力！」、「半山了！」而來，這第三個層次彷彿正陳述著經過了一番的努力後，儘管路上佈滿了荊棘與危險，但在登山者的堅持努力下，終能突破重圍，開闢出一條新的道路來。

上述這三個部分，從整體言之，皆為描寫登山者爬山的情景。首先，先陳述了登山最初的自我勉勵；接著再敘述奮力攀岩而上，朝向目標邁進的積極精神；最後，儘管一路艱辛，在登山者的堅持努力下，終能突破重圍，開創一條新的境地來。因此，這三段恰是依時間的先後順序，將情節作一層層遞進的鋪排。依據趙先生歌注裡的說法，此三小節即是趙先生曲譜創作的三部分之一〔註 9〕。

四為「上面果然是平坦的路，有好看的野花，有遮陰的老樹。　但是我可倦了，衣服都被汗濕遍了，兩條腿都軟了。　我在樹下睡倒，聞著那撲鼻的草香，便昏昏沉沉的睡了一覺。　睡醒來時，天已黑了，路已行不得了，『努力』

〔註 9〕參見趙如蘭編：《趙元任音樂論文集》，〈《新詩歌集》文字部分．歌注〉，頁 134。

的喊聲也滅了。……」，此段則談及歷經了艱險終於來到山上，但是登山者由於用盡心力攀爬而上，因此當到達山上時，人都倦了，實在需要好好的休息一下，才能持續地向前邁進。最後，再將登山者睡醒後的情景，稍作陳述，即為明朝的登上頂峰，醞釀蓄勢待發的情緒。

五為「猛省！猛省！我且坐到天明，明天絕早跑上最高峰，去看那日出的奇景！」，此段「猛省！猛省！」，反覆的疊唱，主要是在激勵自己，不應貪戀於一時的安逸，得須在休息過後，明早再繼續努力登上高峰，去看那「日出的奇景」。而筆者上述分析的第四與第五部分，在趙先生的歌注記載裡，恰為他和聲分析三部分之第二與第三〔註10〕。

由此看來，全詩無不呈現出勇往直前、積極進取的堅毅精神，尚且，又將富有蓬勃朝氣的光輝形象，與當時的環境社會及有志之士，相為呼應。再者，趙先生對於樂曲創作內容的分段，亦是依據新詩的情境內容而劃分，因此，音樂的高潮起伏，便與文學詩歌的意境，作一密切的結合。

（二）〈上山〉新詩的音節

〈上山〉詩中的音韻，簡短有力，讀來活潑有勁，頗能振奮人心。胡先生曾特別強調詩的音節於新詩中的重要性，他提到「詩的音節全靠兩個重要分子：一是語氣的自然節奏，二是每句內部所用字的自然和諧。」〔註11〕，先從「語氣的自然節奏」來看，如：〈上山〉詩中的「努力！／努力！／努力／望上跑！」一段，簡單的三個語句中，音節是由兩音頓或三音頓所組成；「半山了！／努力！／努力／望上跑！」，也是由兩音頓或三音頓來組織；「小心點！／努力！／努力／望上跑！」，除「小心點！」一語不同外，第三次出現「努力！努力望上跑！」的詩句，讀來回環往復與節奏急促，不僅讓全詩形成一種積極向上的氛圍來，而且也強化了本詩的題旨，因此，實讓人讀來印象深刻。

再者，儘管新詩的每行字數不拘，能由作者自行依據語意或詩作的需要來安排，而胡先生仍在作品中，多採並列的句子來陳列，如：「我頭也不回，汗也不揩。」，「頭」與「汗」二者詞性相對，「也不回」與「也不揩」二語，在

〔註10〕參見趙如蘭編：《趙元任音樂論文集》，〈《新詩歌集》文字部分・歌注〉，頁134～頁135。

〔註11〕參見歐陽哲生編：《胡適文集2・胡適文存・談新詩——八年來一件大事》，頁141。

用字與詞性的呈現上，亦有對應之處。「樹樁扯破了我的衫袖，荊棘刺傷了我的雙手。」，則是較為工整的並列語句，「樹樁」與「荊棘」相對，「扯破了」與「刺傷了」相應，「我的衫袖」與「我的雙手」，除詞性相應外，字數也整齊的排列。又如：「有好看的野花，有遮陰的老樹。」，其中「有好看的」與「有遮陰的」並列，「野花」與「老樹」相對，同與前例一樣。

至於「我手攀著石上的青藤，腳尖抵住岩石縫裡的小樹。」，則是「我手」與「腳尖」對應，「攀者」與「抵住」相對，「石上的青藤」亦與「岩石縫裡的小樹」呼應，儘管最後的字數未必一致，然而詩句中在不違反音節「自然和諧」的條件下，字句對稱，實有助於內在節奏的形成，讓人讀來朗朗上口。而「衣服都被汗濕遍了，兩條腿都軟了。」，二句則略有變化，除「衣服」與「兩條腿」對應，「都濕遍了」與「都軟了」相應外，前句又在「衣服」與「濕遍了」之間，加了「被汗」一語。由此可見，不論是前述「石上的青藤」與「岩石縫裡的小樹」的例子，或是此處「衣服」與「濕遍了」之間，所加入「被汗」一語的例子，正是「有什麼話，說什麼話；話怎麼說，就怎麼寫」〔註 12〕的表現，實無須受限於舊詩詞那種必要講求字數相等、平仄格律的規範，而是採以我手寫我口，用白話的俗語俗字，白話的文法，以及白話的自然音節，來描寫景物與訴說真情逸趣。

另外，「但是我可倦了，衣服都被汗濕遍了，兩條腿都軟了。」則採用「層遞」的方式鋪排陳列，此小節先是提及「我可倦了」，再來說明因為努力爬山而「衣服」全「都被汗濕遍了」，為前述的「倦了」一句，有更進一層加強說明的意味存在，最後且又以「兩條腿都軟了」，補充描述疲憊的情況，由因爬山而疲累的姿態，藉著「層遞」的手法，讓詩情達到加強語氣的效果。最後，「天已黑了，路已行不得了，『努力』的喊聲也滅了。」，先從外在所觀察到的景物來摹寫，爾後提到登山者，或因勞累，或因天色暗了，暫且等到天明才又出發的情景。因此，詩句隨時間的推移，層層遞進，讓詩文在內容的前後承接上，不僅彼此扣合，而且不論在語氣或節奏上，都有助於詩歌音韻和諧與情感自然表達的呈現。

（三）〈上山〉新詩的用韻

此外，胡先生尚從新詩中的用韻、語氣與用字等重點，談及新詩所應重視

〔註 12〕參見歐陽哲生編：《胡適文集 9．嘗試集．自序》，頁 81。

的部分。他談到「至於句末的韻腳，句中的平仄，都是不重要的事。語氣自然，用字和諧，就是句末無韻也不要緊。」〔註13〕，如：〈上山〉曲中，胡先生將之分作十一個小節，每小節少至三句，多至四句，用詞淺白易懂，語句短小，且用詞與句子二者互為協調，因而新詩讀來也必然更為自然。

關於各小節的用韻情況，在上述的十一小節中，有八節重複使用韻腳，但是各節用韻的狀況則未必一致。以下筆者即分別陳列詳述，如：「但是我可倦了，衣服都被汗濕遍了，兩條腿都軟了。」，三句的韻腳，分別為「倦」、「遍」與「軟」三字，這三字皆押〔an〕韻；最後的「猛省！猛省！我且坐到天明，明天絕早跑上最高峰，去看那日出的奇景！」，句中的「省」、「明」、「峰」、「景」，恰同是〔əŋ〕韻收尾。至於「努力！努力！努力望上跑」，所出現的兩個「力」字，則同是以「i」作韻腳；「上面已沒有路，……腳尖抵住岩石縫裡的小樹，……。」，韻腳為「路」與「樹」二字，押〔u〕韻；「樹樁扯破了我的衫袖，荊棘刺傷了我的雙手，……。」，韻腳是「袖」與「手」二字，同押〔ou〕韻；「上面果然是平坦的路，……有遮陰的老樹。」，韻腳是「路」與「樹」字，同押〔u〕韻；「我在樹下睡倒，……便昏昏沉沉的睡了一覺。」，韻腳則為「倒」與「覺」字，二字押〔au〕韻。由此見得，自「上面已沒有路……便昏昏沉沉的睡了一覺。」一段止，這些韻腳的韻尾，皆同是合口的〔u〕音，因而每句末尾的字音，響度稍弱，音調強度也較為暗沉，至此詩歌的聲情與詩歌本身的意境，恰能相為呼應。

由〈上山〉的用韻情況來看，每小節用韻不一，且運用的方式本為詩人隨個人情感與詩情韻律、意境來自由發揮，無須受限於句末韻腳一致的使用。因此，新詩結構中的用韻部分，僅是詩詞音節的一種呈現方法。尚且，寫作新詩能重視其中內部音節的自然和諧，才是最為重要的，甚至勝過對於句末韻腳與句中平仄的重視。

（四）小結

總結上述所言，胡適〈上山〉的創作，為五四運動後（一九一九年九月二十八夜）的產物。〈上山〉詩裡，登山者的形象恰象徵著當時的有志之士，在政府為禁止異端的產生，採取壓迫手段，讓人民陷於有苦不能說，有話不能講

〔註13〕參見歐陽哲生編：《胡適文集2·胡適文存·談新詩——八年來一件大事》，頁141。

的窘境，一切任憑列強侵略自己家國的環境下，企圖衝破舊有的限制，儘管路途遙遠，滿佈荊棘，且一旦失敗，極可能跌入山谷，碎屍萬斷，為此付出了慘痛的代價，但他終究盡全力地歷經萬險，期盼有朝一日能見到象徵「日出的奇景」的「民主」與「自由」思潮，廣泛地推行於社會之中。

尚且，當時正面臨著文學革命的推動，使詩體不再拘泥於舊有的形式，〈上山〉詩則藉由新體詩的手法，於詩中發揮愛國家、愛民族的堅強意志，企圖凝聚群眾力量，突破困厄環境的限制，以保衛國家的主權與爭取應有的自由。因此，詩作的完成，實有著闡揚與擴大宣傳的用意存在。

第三節　趙元任〈上山〉曲的創作手法

關於趙先生〈上山〉曲的創作時間，他是繼胡先生一九一九年九月之後的一九二六年才完成的。詩歌本身節奏明快，活潑生動，頗能將登山者的形象雕塑出來。趙先生這樣為富有勇敢精神與奮發上進的詩篇，予以譜曲的舉動，不僅為當時的樂壇注入新生命，尚透露出個人對於原詩作思想內涵的認同。

今筆者所欲探討趙先生〈上山〉曲的創作手法中，主要從「新詩原作與音樂歌詞的關係」，「新詩意境與音樂調性的關聯」，「新詩情感與樂曲節律的搭配」，以及「字音平仄與音高音長的安排」等四方面來說明。

一、新詩原作與音樂歌詞的關係

（一）歌詞增字的目的性

〈上山〉曲，歌詞的使用略與胡先生的原作不同。如：原詩作第二節第一句的「我頭也不回」，趙先生將它末尾增加一「呀」字，而作「我頭也不回呀」一句，筆者以為，趙先生在此處增字，為的是讓歌詞的意境上，語氣能前後銜接，而音樂的旋律上，也能在同一樂句中，一氣呵成。如譜例一〔註14〕：

〔註14〕參見趙元任著：《新詩歌集》，〈上山〉，頁12。

（二）音節複沓的需要性

原詩作第五節的「小心點！努力！努力望上跑！」，其中「小心點！努力！」二句之間，趙先生則多增加了「小心點！小心點努力！」二句於曲中，由於詩歌音節多次的複沓，本身會讓積極向上的氣氛，更為濃厚，因此，趙先生這裡的鋪排，文學上不僅強化了新詩的主題，音樂上也由於音律的迴旋往復，故而形成特有的韻律美。

原詩第六節「樹樁扯破了我的衫袖，……」，與第七節「上面果然是平坦的路，……」之間，趙先生則視音樂的需要，增加了一節「好了，好了，上面就是平路了；努力！努力！努力望上跑！」〔註 15〕於樂曲中。關於此處的歌詞與原詩不同的部分，趙先生曾於歌集的注解中，曾特別提醒「『好了，好了……』幾句在增訂版刪去了，現在從原版」〔註 16〕，因此，由這裡便能清楚地見到，趙先生個人選詞的版本依據，究竟為何。而且，此處的音樂，再次以相同的音節反覆進行，因此，這裡又同時表現出音律迴旋往復的韻律美。

再者，趙先生曾提及，「在《新詩歌集》裡，往往即使有反覆，旋律也總是有相當的變化，至於像《過印度洋》、《上山》這些歌曲的結構，規模更大，旋律不斷的根據歌詞的意思發展新的主題素材。」〔註 17〕，如：〈上山〉曲中的「但是我可倦了，衣服都被汗濕遍了，四肢都覺軟了。」一段歌詞，它的音樂節奏多有相仿，都是附點四分音符的拍子終始，中間再作變化。而且各句分別以「倦了」、「遍了」、「軟了」收尾，音樂上的節奏，前二詞先後同為「八分音符＋附點四分音符」所組成，且音程同以大二度作結；後一詞的「軟了」，儘管「了」字，非附點四分音符，但仍以切分拍的四分音符呈現。因此，各句在規則的音型與節奏之中，仍有不同的變化。如譜例二〔註 18〕：

〔註 15〕參見趙如蘭編：《趙元任音樂論文集》，〈《新詩歌集》文字部分．歌注〉，頁 134。
〔註 16〕參見趙如蘭編：《趙元任音樂論文集》，〈《新詩歌集》文字部分．歌注〉，頁 134。
〔註 17〕參見趙如蘭編：《趙元任音樂論文集》，〈我父親的音樂生活〉，頁 6。
〔註 18〕參見趙元任著：《新詩歌集》，〈上山〉，頁 14。

又如：「睡醒來時，天已黑了，路已行不得了。」這段，音樂節奏亦多相仿，前二句的小節裡，節奏為「♪. 𝅘𝅥𝅯♪ 𝅘𝅥𝅯𝄿」，由於這二句的最後一字音僅為「𝅘𝅥𝅯」，聽來頗為輕短，且最後的休止符上有著「𝄐」的延長記號，因此，這休止符對樂句的銜接上，有著延緩的作用。至於「路已行不得了」一句，亦以附點的音符開始，其中的節奏，由於字音較多，小節內的節奏音長為與字音對應，因此更為輕短。與前二句相同的是，最後的「得了」一句結束後，皆以十六分音符作結尾。故而音樂中即使旋律或節奏有所反覆，但仍有不同的變化。如譜例三〔註 19〕：

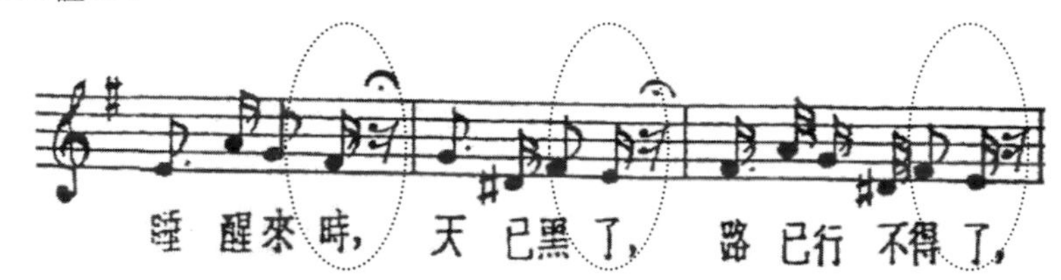

（三）歌詞更替的實用性

至於原詩作第八節的「但是我可倦了」一節，其中的第三句「兩條腿都軟了」，趙先生則將它改作「四肢都覺軟了」。這語句趙先生曾於歌注中，提及更動原詩作的目的，即每次「唱到『兩條腿都軟了』，常常有人聽了笑，倒笑壞了這地方的音樂了，我就索性加了兩條『攀藤』的胳臂進去，唱『四肢都覺軟了』，後來居然就沒有人笑了。」〔註 20〕，因此，趙先生是在音樂效果良窳的考量下，決定更動了原詩作的語句，改由較適合的詞語來演唱。

二、新詩意境與音樂調性的關聯

依據趙先生在歌注裡的說法，來看曲調的分析，大致可分為三大部分〔註 21〕。

（一）上山啟程與歷經艱險的鋪陳

第一部分，是從最開頭到「好了，好了，……努力望上跑！」為止，此段主要是降 B 大調，音樂所呈現的是積極、輕快、愉悅而明亮的色彩。而其中 6/8 拍中的「小心點！，……爬上山去！」一段的旋律，則進入了中國的七聲

〔註 19〕參見趙元任著：《新詩歌集》，〈上山〉，頁 14。
〔註 20〕參見趙如蘭編：《趙元任音樂論文集》，〈《新詩歌集》文字部分．歌注〉，頁 134。
〔註 21〕參見趙如蘭編：《趙元任音樂論文集》，〈《新詩歌集》文字部分．歌注〉，頁 134～頁 135。

音階商調式，爾後的 2/4 拍，才回到原先的降 B 大調來。此處的音樂，由於調性的關係，加上歌詞透露謹慎小心，且歷經艱險後，好不容易終於開闢出一條道路來的心境，因此，這種詞境內所蘊含的情緒，實較前面的色彩，略微幽暗。如譜例四〔註 22〕：

〔註 22〕參見趙元任著：《新詩歌集》，〈上山〉，頁 12～頁 13。

（二）身心疲憊與蓄勢待發的對比

第二部分則從「上面果然是平坦的路」直至「努力的喊聲也滅了」結束，這裡主要是 G 大調的呈現，最後則穿插著相關小調——e 小調，「睡醒來時」

一段。趙先生曾於歌注提及，此為「中國味」最多的部分〔註 23〕，即曲調採用中國五聲音階徵調式來呈現。而本段的最末「滅了」二字，趙先生作了些變化，他讓「了」字於 e 小調的「V」級和絃上收尾，即在「了」字的「B」音上，以大調三和絃的主音，承接到第三部分的 B 大調上。

這裡第二部分的曲調與轉調，則與第一部分相同，先有大調的呈現，即「上面果然是平坦的路，……便昏昏沉沉的睡了一覺。」一段，表現出眼前景象開闊，心境也極為舒坦的狀態，爾後才進入「睡醒來時，……努力的喊聲也滅了。」，關係小調的承接，再次展露出小心謹慎的情態，因而與前面大調所呈現的音樂色彩與節奏韻律，頗為不同，實有著鮮明的對比，如譜例五〔註 24〕：

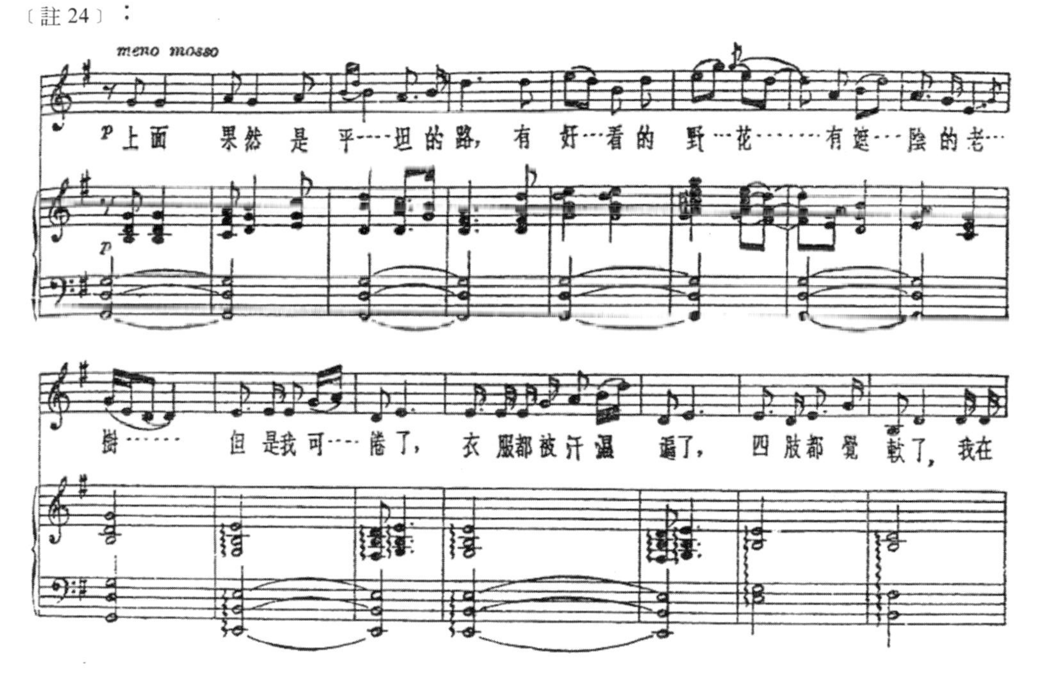

〔註 23〕參見趙如蘭編：《趙元任音樂論文集》，〈《新詩歌集》文字部分．本集的音樂〉，「上山的中段，教我如何不想他其餘的部分，海韻當中『女郎』獨唱的部分，雖然不是抄哪個調兒，也都是做成顯然的中國派的調兒，因為它們都以五音階為主的。」，頁 118～頁 119。參見趙如蘭編：《趙元任音樂論文集》，〈《新詩歌集》文字部分．歌注〉，「第二段從『上面果然是平坦的路，』到『努力的喊聲也滅了，』是 G 調（這是『中國味』最多的部分，這一部從『睡醒來時』，就入相關小調（小 E 調）。），頁 134。

〔註 24〕參見趙元任著：《新詩歌集》，〈上山〉，頁 14。

再者，「上面果然是平坦的路，……便昏昏沉沉的睡了一覺。」一段，伴奏的部分，高音和絃皆與主旋律作對位，低音和絃則為長和絃的伴奏，伴奏以每兩小節的長音為單位，換奏一次。單聲部的主旋律，經由高音和絃的對位下，使得主要的旋律，聽來更為鮮明，而且，低音的持續和絃加入後，更使得此段的音樂，聽來較為厚實。如譜例五。

（三）目標在即與積極向前的呈現

至於第三部分的調性，則全為 B 大調，這當中並無其他的調性變化，但與第一部分的降 B 大調相較之下，其實較原調又高了一個半音。再者，歌曲的伴奏是採用與旋律相同的和聲搭配主題，先是以每小節顫音（tremolo 或 tremolando）〔註 25〕來彈奏，爾後，才以每小節四個八分音符的分解和絃來呈現。因此，音樂便能與歌詞意境中，「猛省！猛省！我且坐到天明，……去看那日出的奇景！」，那種積極勇往向前，與登高看日出的響亮感覺，有所照應。如譜例六〔註 26〕：

〔註 25〕參見國立編譯館編訂：《音樂名詞．詞語篇》，「顫音」可作「tremolo」或「tremolando」，頁 60。參見康謳著：《大陸音樂辭典》，「顫音」（tremolo），「在鋼琴中顫音是用在鋼琴名家的作品中如李斯特的 *La Companella*，也有時發生在快速重複的八度之中。」，頁 1352。

〔註 26〕參見趙元任著：《新詩歌集》，〈上山〉，頁 15。

三、新詩情感與樂曲節律的搭配

再來，同樣依據曲調的三個部分，來探討趙先生於〈上山〉樂曲中，節拍與速度上的運用。

（一）活躍的步伐與輕快的節奏

第一部分開頭的節拍為 2/4 拍，速度為「Moderato」（中板）〔註 27〕，速度雖僅為「♩= 96」，但節奏是輕快而活潑的，有些旋律為表現登山輕盈活躍的姿態，特別於「腳尖抵住」與「一步一步的」的二處中，以斷奏的方式，凸顯出來。如譜例七〔註 28〕、譜例八〔註 29〕：

至於中間的「小心點！小心點！小心點努力，努力！……爬上山去。」一段，則以 6/8 拍呈現，由於 6/8 拍本身為二個大拍所組成，因此，歌詞意境在 6/8 拍的呈現之下，所表達的情感未必較先前的 2/4 節拍，那樣的緊湊活潑，步伐彷彿較為沉重，目的為的是，配合著詩中的情境來演奏。況且，「小心」這二詞本是前長後短的節奏，而且兩個「點」字，又為拉長的長音，因此音樂呈現出來的效果則是聽來謹慎而緩慢的，直到「小心點努力，努力！努力往上跑！」一段，曲中的旋律才隨著八分音符與前後二大拍連音的韻律，將音樂稍作漸強，且順勢地推進另一個高潮。如譜例九〔註 30〕：

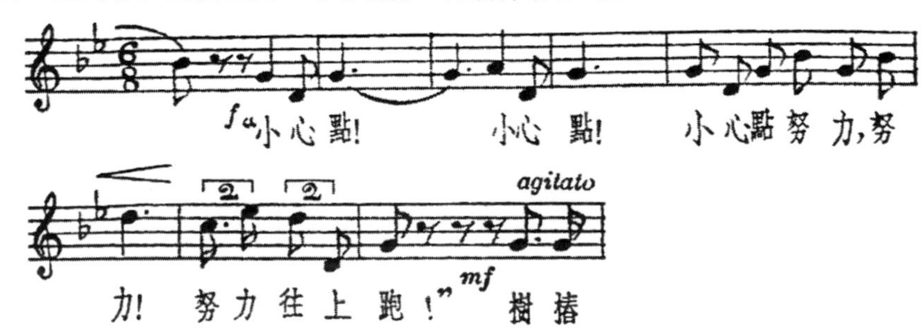

自「樹椿扯破了我的衫袖，荊棘刺傷了我的雙手」之後，音樂則以

〔註 27〕參見國立編譯館編訂：《音樂名詞．詞語篇》，稱之為「中板」，頁 35。
〔註 28〕參見趙元任著：《新詩歌集》，〈上山〉，頁 12。
〔註 29〕參見趙元任著：《新詩歌集》，〈上山〉，頁 13。
〔註 30〕參見趙元任著：《新詩歌集》，〈上山〉，頁 13。

「agitato」（激動的、興奮的）〔註 31〕，將登山者扯破的衫袖，以及刺傷的雙手，那種激動而積極高昂的情緒，推進到「打開了一條路」的句子裡，最後才轉作「molto rit」（甚漸慢）〔註 32〕的速度作此段的結尾，並於最末的「去」音上作延長，實有延續此段歌詞意境的用意存在。如譜例十〔註 33〕：

關於 6/8 拍的使用，直到「爬上山去」才作結束，之後則回到 2/4 拍來，速度即採以「a tempo」（還原速度）〔註 34〕的方式演奏，經過七小節的間奏，才銜接至「好了，好了，上面就是平路了；努力！努力……！努力望上跑」一段，再次將登山者持續向前、勇不放棄的堅毅精神，透過音樂與新詩的結合，表現出來。如譜例十一〔註 35〕：

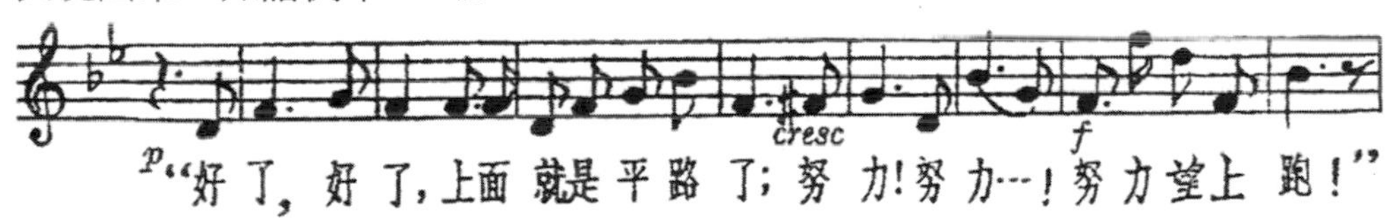

（二）疲憊的姿態與速度的轉慢

至於第二部分是 2/4 拍，這裡「上面果然是平坦的路，……便昏昏沉沉的睡了一覺。」二句，是以「meno mosso」（速度轉慢）〔註 36〕的方式演奏，其實音樂的速度轉慢，亦與新詩歌詞的情感表達上，有著密切的關聯。由於這段

〔註 31〕參見康謳著：《大陸音樂辭典》，頁 31。
〔註 32〕參見康謳著：《大陸音樂辭典》，「molto」稱作「甚」，頁 750；參見國立編譯館編訂：《音樂名詞》，「rit」則為《音樂名詞．詞語篇》中，「ritardando」或「ritenuto」漸慢的意思，頁 49。
〔註 33〕參見趙元任著：《新詩歌集》，〈上山〉，頁 13。
〔註 34〕參見康謳著：《大陸音樂辭典》，稱「a tempo」（義）為「還原速度」的意思，頁 83。
〔註 35〕參見趙元任著：《新詩歌集》，〈上山〉，頁 13。
〔註 36〕參見康謳著：《大陸音樂辭典》，頁 34。

新詩本是在陳述歷經萬難後，登上高山，觸目所及的各項情景，以及努力過後一一浮現的疲憊姿態。因此，目見開闊的道路，心境上自然較為平和而舒坦；疲憊的身心，這時也需要暫緩休息片刻，才能繼續邁進，故而音樂的速度上，也呈現出溫緩而非激躍的面貌來。如譜例十二〔註 37〕：

這樣溫緩的音樂，一直持續到「睡醒來時，……努力的喊聲也滅了。」一段，音樂的氛圍才由舒坦而平和的大調，轉由氣勢稍弱的小調來呈現睡醒過後的情景，而最後的「努力的喊聲也滅了。」，則採用「rit.」（漸慢）〔註 38〕來演奏，一方面為了將此句的語韻稍作延長，另一方面順著歌詞「喊聲也滅了」的意境，將原先緊湊而明快的節奏，帶入漸趨平緩的速度來。如譜例十三〔註 39〕：

〔註 37〕參見趙元任著：《新詩歌集》，〈上山〉，頁 14。

〔註 38〕參見國立編譯館編訂：《音樂名詞》，「rit」則為《音樂名詞．詞語篇》中，「ritardando」或「ritenuto」漸慢的意思，頁 49。

〔註 39〕參見趙元任著：《新詩歌集》，〈上山〉，頁 14。

（三）理想的達成與清亮的氛圍

第三部分則同是 2/4 拍，這段音樂的色彩清亮，隨著歌詞的意境，音樂充滿著希望與活力，彷彿期待著朝陽的來到。尚且，音域由低音往高音來演奏，音階上行的效果，使得音樂有開闊之感，伴奏高聲部的對位和絃，以及低聲部的分解和絃，亦有助於強化主旋律的作用。再者，「明天絕早跑上最高峰」一句，音強一方面隨著歌詞的意境逐漸上揚，一方面到了「跑上最高峰」時，音階逐步上行，「高」字的升「f^2」音，恰為本段的最高音。因此，自「猛省」之後，到了「高峰」的部分，更將歌曲的氣勢引領到本段的高潮點。如譜例十四〔註 40〕：

最後，「去看那日出的奇景」，前面的「去看那日出的奇」一段，旋律稍有漸慢，為的是欲營造「奇景」的「景」字，彷彿晨間的朝陽，在重重的高山間，頓時升起，乍現萬丈光芒，那種炫麗之景，可說是讓人為之驚嘆。因而先由「rit」（漸慢）〔註 41〕，直至「景」字之後，才轉為「a tempo」（還原速度）〔註 42〕來演奏，這種變換速度的方式，實讓人彷彿有種目見「奇景」般的驚嘆意味存在。如譜例十五〔註 43〕：

〔註 40〕參見趙元任著：《新詩歌集》，〈上山〉，頁 15。

〔註 41〕參見國立編譯館編訂：《音樂名詞》，「rit」則為《音樂名詞・詞語篇》中，「ritardando」或「ritenuto」漸慢的意思，頁 49。

〔註 42〕參見康謳著：《大陸音樂辭典》，稱「a tempo」（義）為「還原速度」的意思，頁 83。

〔註 43〕參見趙元任著：《新詩歌集》，〈上山〉，頁 15。

四、字音平仄與音高音長的安排

至於字音平仄與音高音長的關係，趙先生在論及音樂與歌詞的安排時提及，應注重平仄格律與音樂曲調的配合，即「作曲家們有一個公認的處理歌詞聲調的規則就是按照傳統的分法，把聲調歸納成平仄兩大類，這樣凡是遇到平聲字旋律就比較長一點的音或是略為下降的幾個音。凡是遇到仄聲字的時候，旋律上就用比較短也比較高的音，或是變動很快、跳躍很大的音。」〔註44〕，另外，趙先生也認同把聲調歸納成平仄兩大類，它在音樂歌詞的處理上，是以近乎「中州派」的作法來配曲〔註45〕，即遇到平聲字時，旋律就搭配較長一點或略為下降的音，若遇仄聲字時，旋律就採用較短且較高的音，這種配曲的方式，成為趙先生經常採用的搭配方法。

（一）短句平仄並列與音高音長的搭配

從〈上山〉曲來說，「努力！努力！努力望上跑！」，這一小節全是仄聲字，此處趙先生在音樂的處理上，以「♪」與「♪.♬」的短拍來呈現，步步努力向上的詩境。另外，「我頭也不回呀！」，此句的仄聲字，包括「我」、「也」、「不」，平聲字則有「頭」、「回」、「呀」，而仄聲的「不」字，音高「d^2」是此樂句的最高音，且它的音長「♬」也較平聲字的「頭（♩）」、「回（♩）」、「呀（♫）」為短，恰與趙先生論平仄格律與曲調音高的規則，相為吻合。而平聲「呀」字的音高「c^2—a^1」，卻未較其他仄聲字的最低音「f^1（我）」來的低，因此，這裡的用法與趙先生前述的觀點，略有不同。

再者，「汗也不擦」，這裡的平仄依次為「仄仄仄平」，最後的「平聲」，音高則為「g^1」，音長二拍，雖然較仄聲的四分音符、附點八分音符與十六分音符的音長長些，但音高「d^1」則未必較仄聲的「汗」字「g^1」音為低。如譜例十六〔註46〕：

〔註44〕參見趙如蘭編：《趙元任音樂論文集》，〈中國語言裡的聲調、語調、唱讀、吟詩、韻白、依聲調作曲和不依聲調作曲〉，頁11。

〔註45〕參見趙如蘭編：《趙元任音樂論文集》，〈中國音韻裡的規範問題〉，「關於字調與樂調的配合有三派作法。一是近乎中州派，平聲向下或比上一字較下，仄聲向上或比上一字較上。我作曲多半是這樣的。二是國音派，大致跟著陰陽上去的高揚起降。我偶爾用這種配調法，例如我在抗戰時期編的《糊塗老，糊塗老，一生糊塗真可笑》的曲，差不多跟說話一樣。第三派是完全不管四聲，例如李惟寧的歌曲是這樣的。」，頁18。

〔註46〕參見趙元任著：《新詩歌集》，〈上山〉，頁12。

另外，再從「一步一步的爬上山去」一段來看，依它的語意將音節分作「一步一步／的／爬上山去」三部分，倘若將其中的「的」字略而不看，前後的「一步一步」與「爬上山去」，平仄都恰為「平仄平仄」（這裡前後的「一」字，皆讀國音的二聲。）的參差排列，語調上有鮮明的高低變化，音樂的部分，前一組的「一步」是「f^1—$^bb^1$」完全四度的跳躍，後一組的「一步」則以「g^1—d^2」完全五度來鋪陳。至於「爬上山去」則順著音階先下行再上行到「去」字的長音。如譜例八〔註 47〕：

（二）長句平仄參差與音高音長的關聯

而「腳尖抵住岩石縫裏的小樹」一句，平仄依次為「仄平仄仄平平仄仄平仄仄」，由於平仄參差錯落，因而讀來頗有抑揚頓挫的音調美，關於這句的音高與音長的鋪排，仄聲的「縫」字則出現此句的最高音「f^2」，與趙先生的規範一致，但另由音長來看，「縫」字所佔一拍，則未必較平聲「尖」、「岩」與「石」二字的音長較短。譜例七〔註 48〕：

「我好容易打開了一條線路爬上山去」一句，它的音節與格律依序作「仄仄平仄／仄平仄仄平仄仄／平仄平仄」，儘管平仄聲字不規則的錯綜排列，但

〔註 47〕參見趙元任著：《新詩歌集》，〈上山〉，頁 13。
〔註 48〕參見趙元任著：《新詩歌集》，〈上山〉，頁 12。

音樂的音調倒是變化不大，惟有「打開（仄平）」一詞，「g^2—c^2」的音程為完全五度，以及「路（仄）」字本身即橫跨了「d^2—d^1」八度音，特別明顯外，其餘的三段音節在平仄音高與音長的聯繫上，它的旋律音高變化與節奏的起伏，未必鮮明。如譜例十七〔註 49〕：

「我好容易（仄仄平仄）」一句，三個仄聲字中穿插著平聲字，理應音高音長略為不同，但此處的音高音長，不論平仄，全為四個八分音符的「d^2」來呈現；「開了一條線（平仄仄平仄）」一段，平仄參差，且前三字的音高一致，「一條線（仄平仄）」各音間的音程，雖有變化但僅差距小二度而已；「爬上山去（平仄平仄）」，平仄參差，但仄聲與平聲字則出現同樣的音高。因此，上述這段新詩不論是平聲字或仄聲字，它的音長與音高皆不受傳統配曲的影響，趙先生則是依據音樂的需要，來調整音樂與歌詞的關係。

（三）小結

由上可知，趙先生在文學與音樂的關係中，論及平仄格律與音樂曲調的聯繫，得須相互配合。然而，詩歌的平仄聲字未必一味地遵照傳統方式來配曲，尚有彈性的空間，根據音樂的需要來作調整。再者，又論及「字的平上去入，要是配得不得法，在唱時不免被歌調兒蓋沒了。」〔註 50〕，因此，歌詞與音樂的配合上，本是相輔相成的，除了須注意歌詞平仄於曲中的使用外，尚須藉由音樂曲調來詮釋新詩的歌詞。

本首〈上山〉曲，經五小節的前奏，旋律與唱詞的部分便隨之加入。全曲曲調的形態即使有反覆，旋律仍不斷的根據歌詞的意境來發展新的題材，因此實能充分地表現詩的內容。尚且，歌曲的伴奏則採用與旋律相同的和聲來搭配主題，進而能加強詩中的情感表現。因此，短短的樂曲裡，即能將新詩的作者與趙先生譜曲創作的動機，藉由歌詞與音樂傳達出新詩與音樂創作人的重要思想。

〔註 49〕參見趙元任著：《新詩歌集》，〈上山〉，頁 13。
〔註 50〕參見趙如蘭編：《趙元任音樂論文集》，〈《新詩歌集》文字部分·本集的音樂〉，頁 119。

其實，上述藝術歌曲的演唱，不外乎重視的是，藉由自然的聲音、清晰的讀字、情緒的掌控等手段，以達成優美的樂音。但由於樂曲的曲調可能受制於音樂的形式，以及曲調音色與歌詞意境二者間本為不易權衡等因素下，故而在歌唱的拿捏上，既要達到譜曲者所要呈現的情感，又要兼顧得個人詮釋的美樂，實為不易。

第四節　結論

總結上述來說，胡適先生的〈上山〉，無不藉用登山者的啟程，塑造出積極進取、不畏艱難，企圖衝破環境限制的勇者形象。趙先生將此詩予以譜曲，無非對於這種堅強的毅志，有著認同感，故而他譜曲的舉動，實有著闡揚與擴大宣傳的意味存在。

再來，趙先生的〈上山〉曲本是由歌詞與音樂所構成，由於〈上山〉曲的歌詞，本是首新詩，將新詩用來譜曲，除了具有新詩的不拘字數、長短，用字簡潔，音節段落安排自由的顯著特徵之外，譜曲者也將中國的曲調融鑄於樂曲中，將文學與音樂作了適切的融合。至此，演唱者便能透過個人對歌曲內容和價值方面的領會，來揣摩想像作曲、作詞者的原創意境。並由歌詞中的抑揚頓挫與輕重緩急，以展現文學中的詩意、情節、思想和氣氛，再從音樂旋律中的節奏、速度、強弱與輕重等重點，生動而活潑地表達出千變萬化的情感。

基於上述所言，筆者分析趙先生〈上山〉曲的創作手法，主要從四項重點來談：第一，「新詩原作與音樂歌詞的關係」有三項重點，其一，提及「歌詞增字的目的性」，趙先生在歌詞的使用上，略與胡先生的原作不同，為了讓歌詞意境在樂曲中的音調，能前後銜接，因而在歌詞中增字，以因應樂曲的需要；其二，「音節複沓的需要性」，即在歌詞中重複相同的音節，藉由詩歌音節的複沓，以增強音樂迴旋往復的韻律美；其三，「歌詞更替的實用性」，趙先生則考量到音樂呈現效果的良窳，進而更動原詩詞的語句，改由較合適的詞語來演唱。

第二，「新詩意境與音樂調性的關聯」，本節由曲調的分析來看，依據內容意境，可分作三個部分。首先，先從「上山啟程與歷經堅險的鋪陳」來涵括樂曲的第一段，音樂在此，先由積極、愉悅的色彩來呈現，爾後，才隨著詞境的轉換而轉為幽暗；再者，「身心疲憊與蓄勢待發的對比」中，則先由大調鋪陳，曲調最後才轉為中國的七聲音階商調式來呈現，因此，前後的音樂色彩與節奏韻律，實有著不同的對比；最後，「目標在即與積極向前的呈現」一段中，音樂本身的調性，本較前二段的音調更高、更響亮，尚且，伴奏採用與旋律相同的和聲來搭配下，因而更能將詞境中所欲表達的情感，深刻地描繪而出。

第三，「新詩情感與樂曲節律的搭配」一節，主要從曲調的節拍與速度的運用上，來探討「活躍的步伐與輕快的節奏」，「疲憊的姿態與速度的轉慢」，以及「理想的達成與清亮的氛圍」等三個部分。由於趙先生在作曲時，本是在新文體的創建，新思想的吸收之環境下來譜曲，因此，音樂中所反映的時代精神，以及對詩作思想內涵的認同，無不藉由不同的節拍性質、節奏變化、表情記號與拍律速度等要素，來羅織一首結構完整、情感豐富，且能反映時代現況的樂章。

第四，「字音平仄與音高音長的安排」的部分，趙先生曾把聲調歸納成平仄兩大類，他在音樂歌詞的處理上，遇到平聲字時，旋律就搭配較長一點或略為下降的音，若遇仄聲字時，旋律則採用較短且較高的音。但是，詩歌的平仄聲字未必一味地遵照傳統方式來配曲，還須根據音樂的需要而作些調整。再者，歌詞與音樂的配合上，本是相輔相成的，除了須注意歌詞平仄於曲中的使用外，也須注意音樂曲調的組織，能否將新詩歌詞的意境傳達而出。

趙先生的《新詩歌集》中，這種取之於文學素材，進而發揮個人音樂創作的方式，不僅透露著他對原詩作思想內涵的認同，而且，還能與當時的社會現況與時代意識，相為呼應。況且，又能獨立於眾人對於音樂形象的刻版印象，將音樂創作與文學作品作一適切的結合，可謂是為當時的樂壇，注入一重要的新生命，亦為近現代的樂曲發展，提供了不錯的借鑑。

附錄一〔註1〕

〔註 1〕參見趙元任著：《新詩歌集》，〈秋鐘〉，頁 8～頁 9。

屑屑屑屑，
吹來 吹去，
飛來 飛去的落葉，冬冬冬的鐘聲，
似遠似近，和那
轟轟 轟 的 風聲，
似有似絕…
fp
pp

附錄二〔註 1〕

〔註 1〕參見趙元任著：《新詩歌集》，〈上山〉，頁 23～頁 25。

24
poco rit.
(又一式 Fine)
(B)
Andantino ♩ = 92
(胡)
不是怕風吹雨……打……，不是……羨慕那
獨照……香蕉
只喜……歡那折花的
人……，高興和伊親……近。
花

(1) 又一式唱法：到這裏不用以下的譜，仍回到牙號處用七絕首句的調兒吟一個"儂"字，以下三句就用半鼻音[õ]哼下去，要到"又一式Fine"爲止。

附錄三〔註1〕

〔註 1〕參見趙元任著：《新詩歌集》，〈也是微雲〉，頁 16～頁 17。

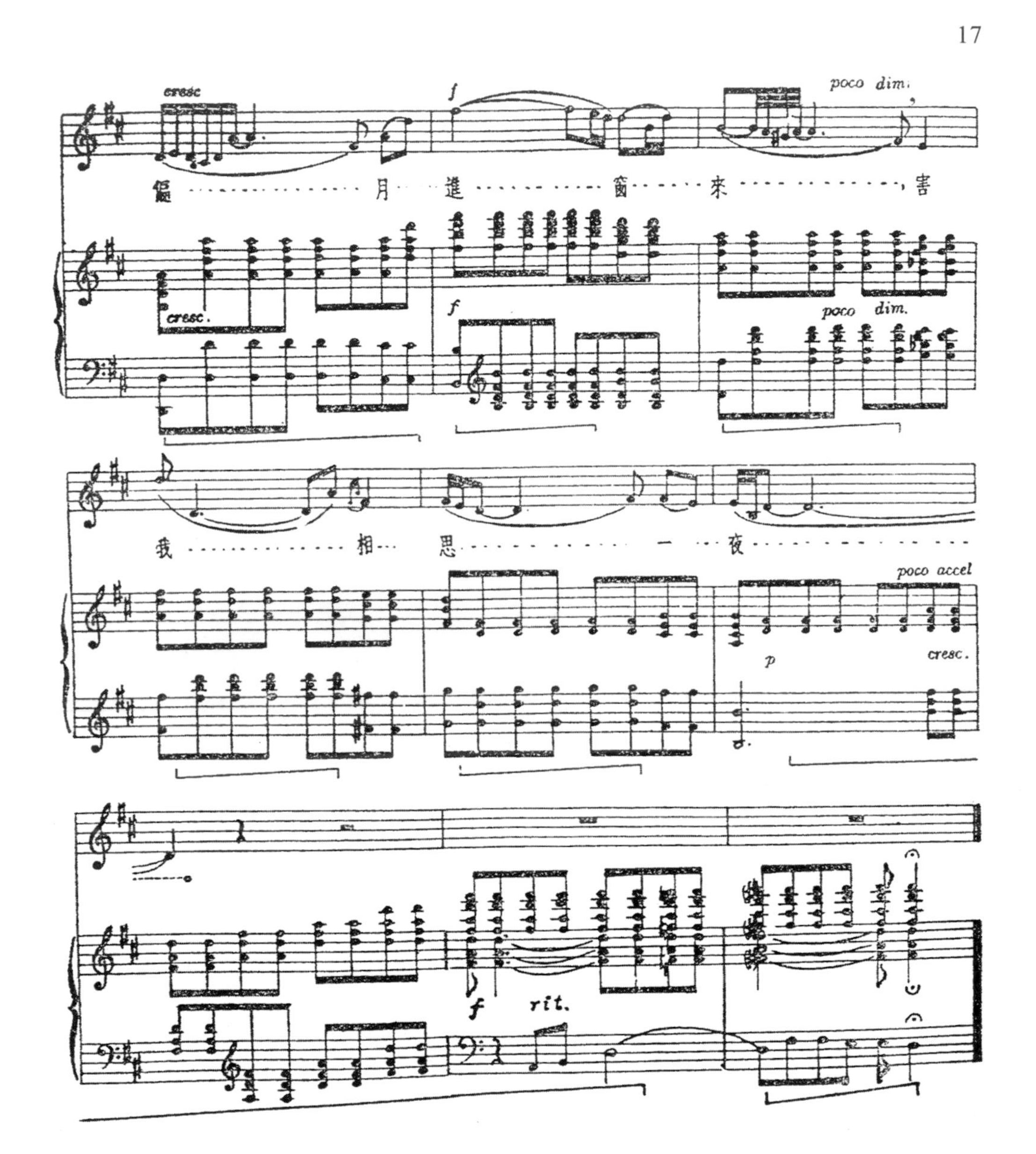
17
cresc
f
poco dim.
偏 月 進 窗 來 害
cresc.
f
poco dim.
我 相 思 一 夜
poco accel
p
cresc.
f
rit.

附錄四〔註 1〕

12

〔註 1〕參見趙元任著：《新詩歌集》，〈上山〉，頁 12～頁 15。

13
一步一步的爬上山---去。
“小心點！小心點！小心點努力，努
力！努力往上跑！”
agitato
樹椿扯破了我的衫袖，荊棘刺傷了我的雙
cres.
手，我好容易打開了一條線路……爬上山去。
molto rit
a tempo
“好了，好了，上面就是平路了；努力！努力---！努力望上跑！”
cresc

14

meno mosso
p 上面 果然 是 平┄┄坦 的 路，有 好┄看 的 野┄花┄┄┄有 遮┄┄陰 的 老┄
樹┄┄┄ 但 是我 可┄┄倦 了， 衣 服都 被 汗 濕 遍 了， 四 肢 都 覺 軟 了，我在
樹 下┄┄┄ 睡倒， 聞 着 那 撲 鼻┄┄的 草 香. 便昏 昏沉 沉 的 睡 了 一覺。
睡 醒來 時， 天 已黑 了， 路 已行 不得 了， "努力" 的 喊 聲 也 滅 了。┄┄
rit.
pp

15
Tempo I.
Sempre pp
猛省！猛省！我且坐到天
明……，明天起一早跑上最高……峯，去看那日出的
cresc.
rit.
a tempo
奇景！

參考書目

（依姓氏筆劃排列）

一、文學類

1.（宋）陳彭年重修、（民）林尹校訂：《新校正切宋本廣韻》，台北市，黎明文化事業股份有限公司，1996 年 11 月。
2.（明）四庫全書存目叢書編纂委員會編：《四庫全書存目叢書》，台南市，莊嚴文化事業有限公司，1997 年 2 月。
3.（清）吳之振、呂留良、吳自牧編選：《宋詩鈔》，北京市，中華書局，1986 年。
4. 左海倫著：《詩論——文學的異族》，台北市，台灣商務出版社，2003 年 2 月初版。
5. 朱光潛著：《詩論》，台北市，國文天地雜誌社，1990 年 3 月初版。
6. 林啟彥著：《中國學術思想史》，台北市，書林出版有限公司，2005 年 7 月。
7. 周策縱原著、楊默夫編譯：《五四運動史》，台北市，龍田出版，1984 年 10 月。
8. 邱燮友著：《美讀與朗誦》，台北市，幼獅文化事業公司，1991 年 8 月。
9. 邱燮友著：《品詩吟詩》，台北市，東大圖書公司，1989 年 6 月。
10. 胡頌平編：《胡適之先生年譜長編初稿　第二冊　校訂版　一九一九～一九二七》，台北市，聯經出版社，1984 年。
11. 袁行霈著：《中國詩歌藝術研究》，台北市，五南圖書出版公司，1989 年初版。

12. 教育部國語推行委員會編：《中華新韻》，台北市，正中書局，1980 年 4 月。
13. 耿雲志、歐陽哲生編：《胡適書信集》，北京市，北京大學出版社，1995 年 12 月。
14. 陳少松著：《古詩詞文吟誦》，北京市，社會科學文獻出版社，1999 年 10 月。
15. 陳孝全、周紹曾編：《中國新文學大師名作賞析 19——胡適、劉半農、劉大白、沈尹默》，台北市，海風出版社有限公司，1994 年 3 月。
16. 張樹錚著：《遙遠長路：趙元任》，香港，中華書局，1999 年初版。
17. 黃永武著：《中國詩學．鑑賞篇》，台北市，巨流圖書公司，1977 年 4 月。
18. 楊步偉著：《雜記趙家》，台北市，傳記文學雜誌社，1972 年。
19. 楊步偉著：《一個女人的自傳》，台北市，傳記文學雜誌社，1983 年。
20. 趙元任著：《語言問題》，台北市，台灣商務印書館，1968 年。
21. 趙元任著：《早年自傳趙元任》，台北市，傳記文學雜誌社，1984 年。
22. 趙元任著：《趙元任全集　第一卷》，北京市，商務印書館，2002 年 10 月初版。
23. 趙元任著：《趙元任全集　第十四卷》，北京市，商務印書館，2002 年 10 月初版。
24. 趙元任著、丁邦新譯：《中國話的文法》，台北市，台灣學生書局，1994 年。
25. 趙新那、黃培云編：《趙元任年譜》，北京市，商務印書館，1998 年。
26. 歐陽哲生編：《胡適文集 2——胡適文存》，北京市，北京大學出版社，1998 年 11 月。
27. 歐陽哲生編：《胡適文集 9——舊詩稿存、嘗試後集、嘗試集、早年文存》，北京市，北京大學出版社，1998 年 11 月。
28. 歐陽哲生編：《胡適文集 11——胡適時論集》，北京市，北京大學出版社，1998 年 11 月。
29. 龍沐勛著：《唐宋詞格律》，高雄市，復文圖書出版社，1984 年 8 月。
30. 蘇金智著、戴逸主編：《趙元任學術思想評傳》，北京市，北京圖書館出版社，1999 年。

二、音樂類

1. 吳夢非編：《和聲學大綱》，台北市，臺灣開明書店，1962 年初版。
2. 李永剛著：《實用歌曲作法》，台北市，全音樂譜出版社，2000 年 10 月 20 日。
3. 李永剛著：《無音的樂》，台北市，樂韻出版社，1985 年 10 月。
4. 汪毓和著：《中國近現代音樂史》，北京市，人民音樂出版社，華東出版社，2002 年 10 月。
5. 林聲翕著：《談音論樂》，台北市，東大圖書股份有限公司，1988 年 11 月。
6. 洪萬隆編：《黎明音樂辭典》，台北市，黎明文化事業股份有限公司，1994 年 6 月。
7. 夏灩洲著：《中國近現代音樂史簡編》，上海市，上海音樂出版社，2004 年 4 月。
8. 孫清吉著：《自然的歌唱法》，台北市，全音樂譜出版社，1989 年 9 月 20 日初版。
9. 國立編譯館編訂：《音樂名詞》，台北市，杜冠圖書股份有限公司，1994 年 12 月。
10. 康謳著：《大陸音樂辭典》，台北市，大陸書局，1980 年。
11. 張錦鴻著：《作曲法》，台北市，天同出版社，？年。
12. 張錦鴻編：《改訂新版和聲學》，台北市，全音樂譜出版社，1991 年 1 月 20 日。
13. 張靜蔚編：《中國近代音樂史料匯編》，北京市，人民音樂出版社，1998 年。
14. 陳聆群、齊毓怡、戴鵬海編：《蕭友梅音樂文集》，上海市，上海音樂出版社，1990 年。
15. 黃友棣：《中國風格和聲與作曲》，台北市，正中書局，1975 年。
16. 楊沛仁著：《音樂史與欣賞》，台北市，美樂出版社，2005 年 3 月 20 日。
17. 趙如蘭著：《趙元任音樂論文集》，北京市，中國文聯，1994 年。
18. 趙琴著：《近七十年來中國藝術歌曲》，台北市，中央文物供應社，1982 年，4 月。
19. 劉志明著：《和聲學》，台北市，全音樂譜出版社，1983 年。
20. 劉塞雲等著：《趙元任紀念專刊》，台北市，行政院文化建設委員會，1996 年。

21. 劉德義著：《歌詞之創作及翻譯》，台北市，海豚出版社，1979 年。
22. 劉德義著：《領你進入音樂的殿堂》，台北市，幼獅文化事業公司，1991 年，9 月初版。
23. 薛良著：《歌唱的藝術》，台北市，丹青出版社，1987 年。
24. 羅小平編著：《音樂與文學》，北京市，人民音樂出版社，1995 年。
25. 羅祖強編著：《曲式與作品分析》，台北市，世界文物出版社，1994 年。

三、樂譜

1. 趙元任著：《新詩歌集》，台北市，臺灣商務印書館，1960 年。

四、錄音資料

1. 趙元任著、楊艾淋執行製作：《趙元任紀念專輯（錄音資料）：教我如何不想他》，台北市，行政院文化建設委員會，19？年。

五、學位論文（依年代先後排列）

1. 徐姍娜著：《簡論文學和音樂的關係》，廈門大學，文藝學碩士論文，2001 年 6 月。
2. 賴錦松著：《中國藝術歌曲創作手法研究——析論三位已故中國作曲家藝術歌曲》，國立台灣師範大學，音樂研究所碩士論文，1990 年。

六、參考資料（依年代先後排列）

1. 李美燕、黃揚婷著：〈趙元任結合詩樂創作的理念與實踐——以〈教我如何不想他〉為例〉，台北：國立台灣藝術大學，1 卷 1 期（總 76 期），2005 年 6 月，頁 71～頁 84。
2. 吳惠敏著：〈歌唱要唱「神」——談《教我如何不想他》和《你那顆冰冷的心呀》的演繹〉，廣州：星海音樂學院學報，3 期，2003 年 9 月，頁 103～頁 105。
3. 黃艾仁著：〈終生不渝不解緣——胡適與趙元任的交誼〉，台北：傳記文學，82 卷 5 期，2003 年 5 月，頁 82～頁 96。
4. 馬瓊著：〈詩意盎然、聲情並茂——趙元任歌曲《教我如何不想他》賞析〉，江蘇：無錫教育學院學報，20 卷 4 期，2000 年 12 月，頁 71～頁 72。
5. 趙琴著：〈趙元任作品中的民族風格特質和創作技法〉，台北：音樂月刊，

181 期，1997 年 10 月，頁 116～頁 119。

6. 趙琴著：〈中國藝術歌曲的先行者——趙元任對聲樂創作中詞曲結合的原則與特質〉，台北：音樂月刊，180 期，1997 年 9 月，頁 108～頁 111。
7. 趙琴著：〈中國藝術歌曲的先行者——趙元任和他的歌曲創作〉，台北：音樂月刊，179 期，1997 年 8 月，頁 107～頁 109。
8. 張荷著：〈一首久唱不衰的歌：《教我如何不想他》〉，江蘇：江蘇教育學院學報（社會科學版），1994 年 3 期，頁 72～頁 74。
9. 趙如蘭著：〈我父親的音樂生活〉，台北：表演藝術，15 卷，1994 年 1 月，頁 72～頁 77。
10. 江澄格著：〈語言學家的故事——趙元任傳奇〉，台北：中外雜誌，55 卷 1 期，1994 年 1 月，頁 71～頁 75。
11. 卓清芬著：〈趙元任的童年〉，台北：講義，11 卷 5 期，1992 年 8 月。
12. 李遠榮著：〈風華才子趙元任〉，台北：中外雜誌，47 卷 5 期，1990 年 5 月，頁 17～頁 21。
13. 丁邦新著：〈漢語語言學之父——趙元任先生〉，台北：中國語文通訊，1 期，1989 年 3 月，頁 19～頁 22。
14. 周語著：〈趙元任與劉半農〉，台北：夏聲月刊，226 期，1983 年 9 月，頁 13～頁 14。
15. 橋本萬太郎作、黃得時譯：〈回憶語言學大師趙元任先生〉，台北：傳記文學，43 卷 2 期，1983 年 8 月，頁 105～頁 107。
16. 周法高釋注：〈錢玄同給趙元任的信〉，台北：書和人，465 期，1983 年 4 月 16 日，頁 1～頁 8。
17. 李壬癸編：〈趙元任先生著作目錄〉，台北：中央研究院歷史語言研究所集刊，53 卷 4 期，1982 年 12 月，頁 795～頁 809。
18. 趙如蘭著：〈趙元任作品賞析〉，台北：今日生活，252 期，1987 年 9 月，頁 29～頁 32。
19. 湯晏著：〈語言學大師趙元任及其著作〉，台北：傳記文學，41 卷 2 期，1982 年，頁 104～頁 106。
20. 關志昌著：〈趙元任小傳（1892～1982）〉，台北：傳記文學，40 卷 6 期，1982 年 6 月，頁 33～頁 35。
21. 楊聯陞著：〈關於蕭公權、葉公超、趙元任三位老師〉，台北：傳記文學，

40 卷 6 期，1982 年 6 月，頁 26～頁 27。

22. 胡光麃著：〈悼念趙元任同學〉，台北：傳記文學，40 卷 5 期，1982 年 5 月，頁 17～頁 19。
23. 趙元任原著、張源譯：〈趙元任早年自傳：〈雜記趙家〉第二卷（1～6）〉，台北：傳記文學，40 卷 5 期～41 卷 4 期，1982 年 5 月～10 月，頁 10～16。
24. 李壬癸著：〈趙元任、胡適、劉半農〉，台北：書和人，438 期，1982 年 4 月，頁 1～頁 8。
25. 楊時逢著：〈回憶往事紀念趙元任院士〉，台北：書和人，439 期，1982 年 4 月，頁 3～頁 5。
26. 毛子水著：〈回憶趙元任先生一二事〉，台北：傳記文學，40 卷 4 期，1982 年 4 月，頁 17。
27. 楊時逢著：〈追思姑父——趙元任先生〉，台北：傳記文學，40 卷 4 期，1982 年 4 月，頁 18～頁 24。
28. 程靖宇著：〈悼趙元任憶楊步偉〉，台北：大成，101 期，1982 年 4 月，頁 28～頁 29。
29. 張繼高著：〈將軍已死圓圓老——悼念趙元任先生〉，台北：音樂與音響，106 期，1982 年 4 月，頁 48～頁 50。
30. 趙如蘭著：〈趙元任先生的最後一年〉，台北：傳記文學，40 卷 4 期，1982 年 4 月，頁 7。
31. 胡光麃著：〈與趙元任胡適之兩同學往來的信〉，台北：傳記文學，27 卷 1 期，1975 年 7 月，頁 31～頁 35。

附：〈淺談毛奇齡之音樂美學〉

摘要

毛奇齡，明末清初人。其所治的樂學，論述多集中於《竟山樂錄》、《聖諭樂本解說》與《皇言定聲錄》中，樂論的內容除言及律數外，還對古來樂論的舊說，做了掃蕩廓清的功夫。概括言之，重點有五：首先，從「樂的起源」論述五聲與宇宙天地未必有密切的關連性，人們應從聲音的本體來探求音樂，而不是從外界的事物來尋找音樂的本源；其次，「樂音定聲之說」，論及天地本有定數，而天數與地數各有聲，二者相配後，產生七聲或九聲；第三，「樂亡佚的因素」，提及樂書越是完備，而樂越是不明；第四，「番、俗、雅樂之差等」的部分，則依次排序為番樂、俗樂、雅樂，雅樂不僅置於番樂與俗樂之後，且不再視大中至正，和平的雅樂為正聲；最後，「音樂流傳之雅俗」則以「倡樂」、「番樂」所設的樂官，說明流傳於世間的俗樂，應與雅樂一般受到重視。由此可見，不僅提高民間音樂的地位，重新檢視其內容與價值，又教人習樂的先後，以及依次排列番樂、俗樂、雅樂的差等，以改變時人對雅俗音樂的刻板印象。

關鍵字：毛奇齡、竟山樂錄、音樂美學

壹、前言

毛奇齡，生於明天啟三年，卒於清康熙五十五年（1623～1716），享年九十四歲〔註 1〕。蕭山人，字大可，晚歲學者稱西河先生〔註 2〕。其作品涵括經、史、集與雜著，沒後，門人子侄為他編《西河合集》。〔註 3〕他出生於明末的官宦之家，與其兄萬齡，同為當時的知名人物，人稱西河為小毛子，且個性恢奇，負才任達，善於詩歌樂府填詞，並託之美人香草，以表達個人的情志。作品風格為纏綿綺麗，按節而歌，有悽悅之感，又能吹簫度曲。〔註 4〕西河平日知樂，著有《竟山樂錄》四卷，一名《古樂復興錄》、《聖諭樂本解說》二卷〔註 5〕、《皇言定聲錄》八卷〔註 6〕。又《四庫提要》曾提及：「奇齡著述之富，甲於近代。……奇齡之文，縱橫博辨，傲睨一世，與其經說相表裡，不古不今，自成一格，不可以繩尺求之，然議論多所發明，亦不可廢。其詩又次於文，不免傷於猥雜，而要亦我用我法，不屑隨人步趨者，以餘事

〔註 1〕見麥仲貴著：《明清儒學家著述生卒年表．上冊》（台北：台灣學生書局，1977 年），頁 255、444。

〔註 2〕見楊廷福、楊同甫著：《清人室名別稱字號索引．下》，尚有別號初晴、當樓、僧彌、僧開、齊于、于一、桂枝、西河、秋晴、晚晴、春遲、春莊、河右、鴻洛堂、小毛子、傳是齋、初晴居士、書留草堂、城東草堂（台北：文史哲出版社，1989 年），頁 822。

〔註 3〕見（清）紀昀著：《四庫全書總目提要》所載，《西河合集》分《經集》、《史集》、《文集》、《雜著》四部，凡四百餘卷；《經集》自《仲氏易》以下凡五十種，已別著錄；《文集》凡二百三十四卷，而《策問》一卷、《表》一卷、《集課記》一卷、《續哀江南賦》一卷、《擬廣博詞連珠詞》一卷、皆有錄無書。其中如《王文成傳》本二卷、《製科雜錄》一卷、《後觀石錄》一卷、《越語肯綮錄》一卷、《何御史孝子祠主複位錄》一卷、《湘湖水利志》三卷、《蕭山縣志刊誤》三卷、《杭志三詰三誤辨》一卷、《天問補注》一卷、《勝朝彤史拾遺記》六卷、《武宗外紀》一卷、《後鑑錄》七卷、《韻學要指》十一卷、《詩話》八卷、《詞話》二卷，外附《徐都講詩》一卷。其當編於集部者，實文一百一十九卷、詩五十三卷、詞七卷，統計一百七十九卷。（石家莊：河北人民出版社，2000 年），頁 4534。

〔註 4〕見沈雲龍：《清代名人軼事》（台北：文海出版社有限公司，1985 年 9 月），頁 11～12。

〔註 5〕見（清）毛奇齡著：《聖諭樂本解說》，載於《景印文淵閣四庫全書．經部九．樂類》冊二百二十（台北：台灣商務印書館，1983 年），頁 197～218。

〔註 6〕見《聖諭樂本解說》有載：「《皇言定聲錄》八卷，併原著《竟山樂錄》四卷，合十三卷裝成二冊。」，頁 220；又見（清）毛奇齡著：《皇言定聲錄．提要》，載於《景印文淵閣四庫全書．經部九．樂類》冊二百二十：「闡論樂律凡一百餘條，為圖者十六。」（台北：台灣商務印書館，1983 年），頁 219。

觀之可矣。」〔註7〕由此可見，這段文字恰說明了西河先生的著述，多有自己的見解，且風格自成一格，不可偏廢。筆者以為，他的音樂論述，亦是如此。

中國音樂，發達的時間很早。《周官》大司徒的禮、樂、射、御、書、數，以及《漢書・藝文志》的《詩》、《書》、《禮》、《樂》、《易》與《春秋》，即將「樂」置於「六藝」之中。再者，儒家的著述中，又將「樂」作為教育的主要工具，如先秦《禮記・樂記》、荀子〈樂論〉，以及魏晉時代的阮籍〈樂論〉、嵇康〈聲無哀樂論〉等，無不提及樂的功用、政教功能、正樂與淫樂之辨等議題。而西河先生所治的樂學，其論述多集中於《竟山樂錄》四卷、《聖諭樂本解說》二卷與《皇言定聲錄》八卷中，且尤以《竟山樂錄》四卷為要。除言及律數外，內容不僅對古來樂論的舊說，做了掃蕩廓清的功夫，其中還探討了音樂的重要理論。以下筆者即從西河先生論樂的起源，樂音定聲之說，樂亡佚的因素，番、俗、雅樂之差等，以及音樂流傳之雅俗等問題，分章論述之。

貳、樂聲源於本體

《竟山樂錄》的篇首，最先提及「樂的起源」，此起源之說，與先秦的荀子〈樂論〉與《禮記・樂記》所主張音樂起於人情、人心，頗為近似。如下所述：

> 先臣嘗曰，樂未嘗亡也。樂者，人聲也，天下幾有人聲而亡之之理？自漢後論樂，不解求之聲，而紛論錯出，人各為說，而樂遂以亡。如樂之有五聲，亦言其聲有五耳，其名曰宮曰商，亦說其聲之不同而強名之作表識耳。
>
> 自說者推原元本，妄求緜歷，溷元太乙，必溯其聲之所自，名之所創，而至於何聲為宮、何調為商仍不之解，至有分配五行，旁參五事，間合五情、五氣、五時、五土、五位、五色，神奇窈眇。〔註8〕

上段文字是說明，音樂是人聲的藝術，人們應從聲音的本體來探求音樂，而不是從外界的事物來尋找音樂的來源。但卻不認同自漢以下，論樂常以陰陽五行，「數」的觀念來比附音律。先秦時期，荀子〈樂論〉所提及的，樂起於人

〔註7〕見《四庫全書總目提要》，頁4534。
〔註8〕見（清）毛奇齡著：《竟山樂錄》卷一，載於《景印文淵閣四庫全書・經部九・樂類》冊二百二十，頁293。

情，而和樂為其中主要的特質；《禮記．樂記》則承繼荀子之說，以為論樂起於人心，且較荀子完備，所以，荀子〈樂論〉與《禮記．樂記》二篇，皆討論了音樂的起源，以為音樂本是來自於人的本體。

再者，毛西河又批駁，自從漢代以後，論樂「不解求之聲，而紛論錯出，人各為說，而樂遂以亡。」〔註 9〕的弊病，如宮、商、角、徵、羽等五聲，本是前人給予不同音高而命名的，即「說其聲之不同而強名之作表識耳」〔註 10〕，但卻往往被牽強附會地與五行、五事、五情、五氣、五時、五土、五位、五色聯繫在一起，讓人看來，以為五聲似乎與宇宙天地，極有密切的關連。如阮籍〈樂論〉：「律呂協則陰陽和」〔註 11〕，此處的「律呂」，是古代十二律的總稱，其中的「陽聲律」稱為「六律」，「陰聲律」則稱為「六呂」；至於「八音有本體，五聲有自然」〔註 12〕，「八音」所指為金、石、絲、竹、匏、土、革、木，「五聲」則是指，古人以東、南、西、北、中五方，應宮、商、角、徵、羽五音；最後，「故定天地八方之音，以迎陰陽八風之聲」〔註 13〕，亦以「八方之音」來比附「陰陽八風之聲」，此處的「八方」且與「八風」對應，所謂「八風」，據《呂氏春秋．有始》所言：「東北稱炎風，東風稱滔風，東南稱熏風，南方稱巨風，西南稱淒風，西方稱飂風，西北稱厲風，北方稱寒風。」〔註 14〕

至於嵇康的〈聲無哀樂論〉：「夫天地合德，萬物資生，寒暑代往，五行以成，章為五色，發為五音。」〔註 15〕一段，即可見得，嵇康亦本著漢儒陰陽五行的宇宙論，認為天地是陰陽二氣化生而成，五音也是陰陽五行的產物，但他倒未與漢儒一般，以五行比附五音的聯想，而是強調聲音是自然的產物，並且有一種不變的本體，獨立於人的主觀意志之外，不因人的喜好而改變。因此，嵇康與阮籍對於五音起源之說，皆以為聲音源自於宇宙天地自然，然而嵇康未拘泥於此，他更將聲音獨立於主觀意志之外的本體，加入論辨申說。以上的樂論觀點，本是從對個人向外推廣，及於人與人，人與物，人與天的關係，都涵

〔註 9〕見《竟山樂錄》卷一，頁 293。
〔註 10〕見《竟山樂錄》卷一，頁 293。
〔註 11〕見（魏）阮籍著：《阮嗣宗集》（台北：華正書局，1979 年 3 月），頁 40。
〔註 12〕見《阮嗣宗集》，頁 40。
〔註 13〕見《阮嗣宗集》，頁 40。
〔註 14〕此說源自於（秦）呂不韋著，陳奇猷校釋：《呂氏春秋校釋．有始覽．有始》卷十三（上海：學林出版社，1984 年），頁 658。
〔註 15〕見（魏）嵇康著，黃中憲、王州民編：《嵇康詩文》（台北：錦繡出版事業股份有限公司，1992 年 11 月），頁 180。

括在「和諧」之境中，與儒家樂論所主張的內容，恰為吻合。然而，毛西河未認同前述的五音源自於宇宙之說，他以為樂聲源自於本體，而非從外界的事物來尋找音樂的來源。

參、樂音定聲之說

西河先生於《竟山樂錄》中，提及先秦各經書論樂的情形，如下文所述：

> 諸經論樂，但有聲而無數，以其但言聲律，並未言生，娶損益及管籥尺度也。《孟子》曰：「不以六律不能正，正音六律，五音皆樂之聲。」故《周禮．春官》：「大師掌六律六同，以合陰陽之聲，陽聲黃鐘、太簇、姑洗、蕤賓、夷則、無射，陰聲大呂、夾鐘、仲呂、林鐘、南呂、應鐘，皆文之，以五聲宮、商、角、徵、羽，皆播之，以八音金、石、土、革、絲、木、匏、竹。」《虞書》曰：「我欲聞六律、五聲、八音。」又曰：「詩言志，歌永言，聲依永，律和聲，聲即五聲，律即十二律，與《周禮》同。」〔註16〕

由此可見，《孟子》、《周禮．春官》，或《虞書》所言的六律、五聲、八音，皆為古人論樂言數的基本指稱。再者，西河先生又於《竟山樂錄》，略述漢代定樂與造樂的情況：「三古鮮言算數，西京以後，共專言算數者兩人，一司馬遷，一京房也。先臣嘗言漢代定樂，盡在武帝之世，其時備簫管之數者，樂府令夏侯寬也。造樂章者，司馬相如、公孫弘也。造新聲者，李延年也。」〔註17〕且又於《皇言定聲錄》中，提及清代樂音定聲的來源，以及《竟山樂錄》所言的樂音聲律的排序，如下：

> 樂始於歌而定於聲。聲者，五聲也。夫聲則何以定於五也。曰天數五，地數五，合天數、地數而五聲生焉，五聲者，一曰宮，二曰商，三曰角，四曰徵，五曰羽，其生聲次第則曰羽徵角商宮，而聲生之自為次第，則曰宮商角徵羽。蓋生聲者，從上而下而聲生之，自為次第則從下而上，其生聲聲生正。〔註18〕
>
> 五聲者，何宮、商、角、徵、羽也，宮、商、角、徵、羽者，何一、二、三、四、五也。據天地生數則羽一、徵二、角三、商四、宮五，

〔註16〕見《竟山樂錄》卷一，頁293。
〔註17〕見《竟山樂錄》卷一，頁295。
〔註18〕見《皇言定聲錄》卷一，頁221。

> 曰羽、徵、角、商、宮。據五聲自生之數則宮一、商二、角三、徵四、羽五，曰宮、商、角、徵、羽。〔註19〕

從《皇言定聲錄》一開頭即言，成樂的根本本源自於聲律，而五聲的命名則分別為宮、商、角、徵、羽。依據聲律生成的次第，人們稱之作羽、徵、角、商、宮，若依聲律音高的排列次第，則作宮、商、角、徵、羽。上述三項的排序，《竟山樂錄》亦有清楚的論述。因此，聲律的基本指稱，由上述引文的《周禮．春官》等書籍看來，自古至清，其命名皆為此，並無其他的歧出之處。再來，《竟山樂錄》的五聲，又以宮聲為中聲，商、角、徵、羽為環生之數：

> 然而宮聲中聲也，其聲雖最下而常居高下之中，此於五行相生之數，所云木、火、土、金、水；四時相生之序，所云春、夏、中、秋、冬者，每以宮聲居中，而以商、角、徵、羽為環生之數，則商角在宮上，徵羽在宮下，即至下者而至高生焉。〔註20〕

由此意味著，宮聲位於高下之中的位置，宮之上有商、角，宮之下有徵、羽，其所扮演的角色，恰與「五行」與「四時」中，「相生」的角色一般。至於上述的五聲，西河先生又引皇言之說，以為「天地有定數」，且「以聲配數」主要為「配天幹」，而非與「五行、五氣、五色、五味」有所關連。如下所論：

> 皇言所云：「天地有定數者，至於相生之賜。」所云：「宮徵商羽者，則生數之法，與聲音之事，絕不相涉。」故有以聲配聲者，天數五聲，地數六聲，合天數地數則為七聲為九聲，而七聲分五則為二，九聲分五則為四。凡分合之間，無非五數，而宮居五位則并冥，分合之跡而由五聲，以至十五聲而聲音之事，於此而盡。若夫以聲配數則毋論五行、五氣、五色、五味所配無益，而即以之配天幹，則宮為戊巳，商為庚辛，角為甲乙，徵為丙丁，羽為壬癸；以配地枝，則宮居未申之間……；以配八卦，則宮居中位為十五……；凡此者，皆數之配也。然而聲音何與焉。〔註21〕

這段論述，西河先生以為，天地本有定數，而天數與地數各有聲，此二者相配後，再衍展為七聲或九聲，而七聲或九聲則分別以五聲作為基礎。再者，此聲

〔註19〕見《竟山樂錄》卷一，頁296。
〔註20〕見《竟山樂錄》卷一，頁296。
〔註21〕見《皇言定聲錄》卷一，頁221～222。

所配之數，不論「五行、五氣、五色、五味」，而以「天干、地支、八卦」來稱之。因此，西河所論述的這段，恰與筆者於前章所言的「不認同自漢以下，論樂常以陰陽五行，『數』的觀念來比附音律」，說法相同。關於五聲、七聲、十二聲聲律的形成，《竟山樂錄》「聲律」一段，有言：

> 樂只五聲，加四清聲為九聲，加二變聲為七聲，合七聲、四清聲、一變聲為十二聲，故五聲十二律而聲盡矣。若六十律則人聲無此數，曲調無此數，器色無此數，此妄人所為而祖其說者，又推而至百四十律、二百十六律、三百律、三百六十律、一千八律。夫推至萬律，亦又何難而世無此聲，當奈之何。〔註22〕

此段論及無論九聲、七聲、十二聲，皆以五聲為基礎。至於人稱的六十律，乃至於百四十律、二百十六律、三百律、三百六十律、一千八律等繁複之聲，皆與人聲、曲調與器色無關。況且，世上並無此聲，但卻偏有此說，這恰反映了後節即將提及的「樂書逾備則樂逾不明」之說。

肆、樂亡佚的原因

再其次，毛西河於《竟山樂錄》中又以徐仲山之說來說明「樂亡的原因」，他提及：

> 吾遍觀樂書而深恨樂亡之有由也。樂書逾備則樂逾不明，初求五聲驚為五聲所始，如是奧謐而究竟，觀之仍不識五聲何在，繼尋六律，嘆為六律所極，又如是變化，而究竟推之仍不審，六律何等，則然後掩卷而慨廢書而沈吟，束其篇帙使高閣而重有恨，於前此之為說者也。〔註23〕

西河先生於此段一開頭即提及，「深恨樂亡」的理由，他言道，樂書越是完備，而樂越是不明，人們最初探求「五聲」究竟為何，但經仔細觀察後，卻不知「五聲」為何存在的原因，因而繼續探尋「六律」，而「六律」依然無法推斷他存在的理由，最後只好「掩卷而慨」，「廢書而沈吟」。另外，西河先生又敘述如下：

> 故凡為樂書者，多畫一元兩儀、三才五行、十二辰、六十四卦、三百六十五度之圖，斐然成文，而又暢為之說，以引證諸黃鐘、太簇、

〔註22〕見《竟山樂錄》卷一，頁296。
〔註23〕見《竟山樂錄》卷一，頁293～294。

> 陰陽、生死、上下、順逆、增減，以及時氣、卦位、歷數之學，鑿鑿配合者，則其書必可廢。何者，使觀其書，而樂由以明，五聲由以著，六律、十二律皆由之而曉然以晰，則傳之可也。〔註24〕

此段先提到中國歷代樂書除了「分配五行，旁參五事」外，更有「一元兩儀」、「三才五行」、「十二辰」、「六十四卦」、「三百六十五度之圖」的附會。如《呂氏春秋．仲夏紀．大樂篇》提及：「音樂之所由來者遠矣，生於度量，本於太一。太一出兩儀，兩儀出陰陽，陰陽變化，一上一下，合而成章。……形體有處，莫不有聲，聲出於和，和出於適。和適先王定樂，由此而生。」〔註25〕此處的「度量」，是指構成樂曲的各音高低，必須合乎一定的要求，而這些樂音的發聲則取決於發聲體的長短與粗細。至於「太一」則指「太極」，它是看不見、聽不到且沒有形態的道體，是宇宙萬物的本源，且「太一」產生「兩儀」，「兩儀」分為「陰陽」，「陰陽」變化則產生了有形的萬物，有形的萬物進而發出聲音來。西河先生便於前述的數字中，附會黃鐘、太簇、陰陽、生死、上下、順逆、增減，以及時氣、卦位、歷數之學。總之，這些理論他以為「按之聲而聲茫然，按之律而律茫然，則雖欲不廢而何待已。」〔註26〕

筆者以為，之所以「樂書越是完備，而樂越是不明」，應是古人多以天地間的萬物，如：陰陽、生死、上下、順逆、增減，或時氣、卦位、歷數之學，加以附會，儘管使得樂書論說甚為豐富，但從樂律來看，卻也因此顯得更為複雜，更不易為讀者所瞭解。

伍、番、俗、雅樂之差等

再者，毛西河先生其「樂不分古今」一節的論述中，亦不同於舊說，他提及：

> 古樂有貞淫而無雅俗。自唐分雅樂、俗樂、番樂三等，而近世論樂者動輒以俗樂為譏。殊不知唐時分部之意，原非貴雅而賤俗也，以番樂難習，俗樂稍易，最下不足學則雅樂耳。〔註27〕

此段意味著古樂有貞淫之別，但沒有雅俗之分。唐的音樂雖分雅樂、俗樂、番樂三等，原意並非貴雅而賤俗，但近代論樂的人，卻每每視俗樂為下等。以先

〔註24〕見《竟山樂錄》卷一，頁294。
〔註25〕見《呂氏春秋校釋．仲夏紀．大樂》卷五，頁255。
〔註26〕見《竟山樂錄》卷一，頁294。
〔註27〕見《竟山樂錄》卷三，頁326～327。

秦時代來說，學者們以為音樂的雅俗，足以影響百姓們的生活，他們以音樂為政教的手段，如：孔子「惡鄭聲之亂雅樂」〔註 28〕，即非常強調雅樂和鄭聲的區別，他以為鄭聲的內容與形式為繁聲促節，不利於陶冶人們的性情，相對於雅樂而言，對民情風俗將造成不良的影響。尚且，又認為音樂應有等級之分，所以，他提倡雅樂、古樂，而反對鄭聲、新樂。到了荀子後，他又繼而發揮闡揚，《禮記．樂記》同樣也認為，樂教重在移風易俗，「治世之音安以樂，其政和；亂世之音怨以怒，其政乖；亡國之音哀以思，其民困。」〔註 29〕即是說明先王基於惡亂求治的要求而制禮樂，不以娛樂為目的，而以教化民眾為目標。況且，君王也要慎選喜好的音樂，強調音樂在群體間的感染力，以引領社會善良風氣。總之，上述的學者，所主張共通的特點，無非在於說明聖王必須掌握制樂的主導，創作能教化民眾的雅樂，人們在其耳濡目染下，便能感受到寬厚樸實與溫柔敦厚的音樂。倘若音樂失去了道德的支持，影響所及，將從端正風俗的正聲，變成輕盪人心的淫聲。因此，先秦儒家對音樂的雅、俗之分，本是由樂聲與人們的互動，乃至於影響整個社會風氣所觀察而來。然而毛西河則一反傳統，將音樂雅俗的貴賤差等之分別，撇開不談，純粹由唐樂的分部〔註 30〕來論述。

毛西河所提出的「番樂難習，俗樂稍易，最下不足學則雅樂耳。」〔註 31〕的說法，以及「考伎分等，反重番樂，其能習番樂者，即賜之坐名坐部伎，其不能番樂則降習，俗樂不坐而立名立部伎，若俗樂不能則於是斥習雅樂不齒於眾。」〔註 32〕的二段文字，可以見得，他對番樂與俗樂的重視。當時考伎分等，分立坐部伎、立部伎，能演奏番樂的，賜之「坐部伎」；不能演奏「番樂」而演奏「俗樂」者，賜之「立部伎」；若連「俗樂」也不能者，才演奏「雅樂」。此處的「坐部伎」與「立部伎」，本是唐代宮廷中的兩大樂舞。「坐部伎」的演

〔註 28〕（宋）朱熹集注：〈陽貨第十七〉，《四書集注》卷九（台北：藝文印書館，1957 年），頁 109。

〔註 29〕（清）鄭玄注、孔穎達疏：〈樂記第十九〉，出自《十三經注述．禮記注疏》卷三十七，冊五（台北：藝文出版社，1993 年），頁 663。

〔註 30〕見夏野著：《中國古代音樂史簡編》，唐初武德，以隋代所訂的宮廷樂「九部樂」為基礎，但去禮樂，增設燕樂；太宗時又加入「高昌樂」，合成「十部樂」。即為燕樂、龜茲樂、康國樂、疏勒樂、安國樂、天竺樂、高麗樂、清商樂、西涼樂、高昌樂。（上海：上海音樂出版社，1991 年 10 月），頁 89。

〔註 31〕見《竟山樂錄》卷三，頁 326～327。

〔註 32〕見《竟山樂錄》卷三，頁 327。

奏者坐於堂上，規模較小，舞者可三至十二人，等級較「立部伎」高，技巧難度也較「立部伎」高〔註33〕；「立部伎」的演奏者則立於堂下，演出規模很大，場面豪華宏偉，舞者多至一百八十人，少則六十四人，級別次於「坐部伎」，技巧難度介於「坐部伎」和「雅樂」之間〔註34〕。因此，番樂、俗樂與雅樂的差等，亦可說是坐部伎、立部伎與雅樂的差等，依次排列為番樂、俗樂、雅樂，或作坐部伎、立部伎、雅樂的排序。雅樂不僅置於番樂與俗樂之後，且不再視大中至正，和平的雅樂為正聲，關於此實有別於先秦儒者對雅、俗音樂的舊說。由此看來，毛西河是從唐樂演奏的技巧難易，區別唐樂三部之差等。

〔註33〕見（後晉）劉昫著：《舊唐書》卷二十九，載於《景印文淵閣四庫全書．史部二十六．正史類》冊二百六十八：「高祖登極之後，享宴因隋舊制，用九部之樂，其後分為立坐二部。今立部伎有安樂、太平樂、破陣樂、慶善樂、大定樂、上元樂、聖壽樂、光聖樂，凡八部。安樂者，後周武帝平齊所作也。……太平樂，亦謂之五方師子舞。……破陣樂，太宗所造也。太宗為秦王之時，征伐四方，人間歌謠秦王破陣樂之曲。……慶善樂，太宗所造也。……大定樂，出自破陣樂。……上元樂，高宗所造。……聖壽樂，高宗武后所作也。……光聖樂，玄宗所造也。……自破陣舞以下，皆雷大鼓，雜以龜茲之樂，……。大定樂加金鉦，惟慶善舞獨用西涼樂……。破陣、上元、慶善三舞，皆易其衣冠，合之鐘磬，以享郊廟。以破陣為武舞，謂之七德；慶善為文舞，謂之九功。皇武后稱制，毀唐太廟，此禮遂有名而亡實。安樂等八舞，聲樂皆立奏之，樂府謂之立部伎，其餘總謂之坐部伎。則天、中宗之代，大增造坐立諸舞，尋以廢寢。」（台北：台灣商務印書館，1983年），頁704～705。意即「坐部伎」創於唐太宗時，玄宗時重新整理前代傳統節目，並創制新舞，正式定下坐部伎之六部：《讌樂》（包括太宗時創制的《景雲》、《慶善》、《破陣》、《承天》四樂），《長壽樂》，《天授樂》，《鳥歌萬歲樂》（以上三樂武后時創），《龍池樂》，《小破陣樂》（以上三樂玄宗時創），一般演於朝廷宴饗、朝會之時，舞者大抵三至十二人，舞姿典雅，服飾清麗，技藝精湛，用絲竹細樂伴奏。安史之亂後，藝人流散，坐部伎漸趨衰亡。

〔註34〕見（後晉）劉昫著：《舊唐書》卷二十九，「坐部伎有讌樂、長壽樂、天授樂、鳥歌萬壽樂、龍池樂、破陣樂，凡六部。讌樂，張文收所造也。……長壽樂，武太后長壽年所造也。……天授樂，武太后天授年所造也。……鳥歌萬歲樂，武太后所造也。……龍池樂，玄宗所作也。……破陣樂，玄宗所造也。」頁705～706。「立部伎」初設於高宗儀風年間。玄宗時整理前代傳統節目，並創制新舞，正式定下立部伎八部：《安樂》（《城舞》，後周武帝時創），《太平樂》（《五方獅子舞》），《破陣樂》（《秦王破陣樂》，屬武舞），《慶善樂》（屬文舞，以上二舞太宗時創），《大定樂》（《一戎大定樂》），《上元樂》（以上二舞高宗時制），《聖壽樂》（武后時制），《光聖樂》（玄宗時制）。意即用於朝廷宴饗、朝會之時，在「坐部伎」演奏後再演，其節目多、陣容大，舞者六十四人至一百八十人不等，規模宏大，且服飾壯麗，又用鉦鼓伴奏，氣勢雄壯，舞姿威武。安史之亂後，趨於衰亡。

尚且，毛西河又提出「雅樂之賤」的理由：

> 雅樂之賤如此，誠以雅樂雖存，但應故事，口不必協律，手不必調器，視不必浹目，聽不必諧耳，屍歌偶舞，聾唱瞎和，如此而曰雅樂，雅樂誠亦可鄙。乃儒者論樂，則又昧先古之意，貴雅賤俗，轇結不解。〔註 35〕

他認為雅樂雖存，但僅是依照宮廷制定的規則來進行，因為它並非出自於人民的心聲，因此，音樂對人們來說，歌聲不見得要求諧和；演奏樂器時，無需特別地調音；視覺上，無需讓人感同身受；聽覺上，也不需強調悅耳。這樣的音樂，不帶有感情，不講求和諧，他稱之為「屍歌偶舞，聾唱瞎和」，因而以為「雅樂」是鄙俗的。所以，實不同於先賢的貴雅樂而貶俗樂之說。

同為清儒的江永則於《律呂新論》卷下的「俗樂可求雅樂」一條，提及「俗樂」與「雅樂」之別，以及「先俗後雅」之說。他言道「俗樂以合、四、一、上、勾、尺、工、凡、五、六，十字為譜，十二律與四清聲皆在其中，隨其調之高下而進退焉。即不能肆習於此者，亦必與俗樂工之稍知義理者參合而圖之。」〔註 36〕；「為雅樂者，必深明乎俗樂之理，而後可求雅樂。即不能肄習於此者，亦必與俗樂工之稍知義理者參合而圖之。」〔註 37〕江永的二段短文，主要提及以下重點：其一，就樂譜與樂律來看，俗樂與雅樂是相同的；其二，從事雅樂的人，首先需深入瞭解俗樂，而後才會認識雅樂，並非「徒考器數，虛談聲律」。況且，「宋世制樂諸賢，唯劉幾知俗樂，常與伶人善笛者遊。其餘諸君子，既未嘗肄其事，又鄙伶工為賤技，不足與謀，則亦安能深知樂中之曲折哉！」〔註 38〕恰說明許多知識份子看不起一般伶人，以為不足與謀，這些人因而無法深入了解音樂其中的奧妙。最後，江永以為「雅俗之別」，在於「判雅俗為二途，學士大夫不與伶工相習，此亦從來作樂者之通患也。」〔註 39〕這是將雅樂與俗樂視作兩條不同的路徑，知識份子論樂往往不與民間樂人學習，如此恰說明了歷來知識份子論樂的弊病。

又前代的學者，一般多貴雅而賤俗，但是毛西河所提出的「雅樂之賤」，便提高「俗樂」的層次，將「俗樂」美好的一面，呈現出來。尚且，同是清儒

〔註 35〕見《竟山樂錄》卷三，頁 327。

〔註 36〕見（清）江永著：《律呂新論》卷下（北京：中華書局，1985 年），頁 89。

〔註 37〕見《律呂新論》卷下，頁 89。

〔註 38〕見《律呂新論》卷下，頁 89。

〔註 39〕見《律呂新論》卷下，頁 89。

的江永，更言及「俗樂」與「雅樂」之別，以及從事雅樂的人，首先需深入瞭解俗樂，而後才會認識雅樂。所以，俗樂對西河先生與江永而言，皆有著開創性的獨到見解。

陸、音樂流傳之雅俗

再者，西河先生又以「倡樂」與「番樂」的例子，來說明今人對流傳於世間俗樂與宮廷雅樂的看法。如下所述：

> 試問今論樂之儒，亦曾讀周禮乎？周禮旄人掌教舞、散樂、夷樂，散樂野人之樂，非官樂，即後所名倡樂，俗樂者夷樂，即番樂，夫以倡樂、番樂而先王設官而肄習之，此未嘗有梨園高頭教坊，為之先也。〔註40〕

此段開頭即說明，今日談音樂的學者們，也曾讀過《周禮》嗎？《周禮》中的「旄人」一職，掌有教舞、散樂、夷樂的民間俗樂，它不屬於官樂，後來命名作「倡樂」，而這些俗樂中的夷樂，又稱作「番樂」。因此，以「倡樂」、「番樂」來設樂官，將讓人們更為廣泛地熟習它。雖不曾有「梨園高頭」那般供人學樂的地方，但這樣的作法可說是不同於前代。這邊的「梨園」，是指唐代西內苑中的種梨之園，由於此為教人樂府的地方，因而被稱作「梨園」。

緊接著，論述「然且復設韎師，使掌韎樂給祭祀燕饗，或曰韎樂，即舞樂非歌樂也。而鞮鞻氏掌夷樂聲歌，凡祭祀大燕則吹而歌之。」〔註41〕一段，此處的「韎師」，《周禮》提及：「掌教韎樂。祭祀，則師其屬而舞之。大饗亦如之。」〔註42〕而其中的「韎樂」，所指為東夷樂名，於祭祀與大饗時，率領屬下跳舞；「鞮鞻氏掌夷樂」的部分，即是《周禮》所言：「鞮鞻氏：掌四夷之樂與其聲歌。祭祀，則吹而歌之；燕亦如之。」〔註43〕這段文字說明了，鞮鞻氏掌理四夷樂及聲歌，祭祀時，吹奏管籥而歌唱，燕飲時也是如此一般。由此可見，韎師所掌的韎樂，主要用以祭祀燕饗，鞮鞻氏所掌的夷樂，則用於祭祀與燕飲之時。此外，又討論古聖先賢的音樂與「倡樂」、「俗樂」的分別，如下：

> 倡樂、番樂之聲先王，先王全用之入太廟、登明堂，與郊廟、燕饗

〔註40〕見《竟山樂錄》卷三，頁327。

〔註41〕見《竟山樂錄》卷三，頁327。

〔註42〕見李學勤編：《周禮注疏．春官宗伯》（台北：台灣古籍出版社，2001年10月），頁674。

〔註43〕見《周禮注疏．春官宗伯》，頁674。

> 大樂後先並奏，豈非以樂重人聲，人聲苟善，雖俗樂、番樂在所必取？而況九州之大，四海之眾，人聲嘔啞，不絕於世，一吟一詠，皆宜紬繹，所謂「禮失而求之野」者。〔註44〕

「倡樂」、「番樂」作為先王之樂，此樂可用於太廟、與明堂之中，且與郊廟、燕饗之大樂依序演奏，依照正常的程序，應先由郊廟與燕饗的雅樂來演出，後才緊接著由倡樂與番樂來演奏。這樣的音樂，不僅傳達出人內心的情感。況且，人們在所擁有的遼闊腹地，眾多百姓，人聲亦多，以及傳承不絕的情形下，廣為詠唱「倡樂」與「番樂」，並從中辨別其中的內涵。儘管未必完全合乎禮節，但卻能從中得知民間俗樂的菁華。

再從人們對金、元二代的曲樂，所採取的態度來看：

> 翻以金、元曲子陋習錮鄙，偶一矢口便嗤俗樂，則夫以人人自具之聲而當身失之，謂之自暴；以人人可見之理而蒙昧甘心，謂之自棄。自暴自棄，尚何論樂？故設為雅俗之辨，欲使知音者勿過尊古，勿過賤今，謂當世之人為今人不為俗人，謂今人之聲為人聲不為今聲，則於斯道有庶幾耳？〔註45〕

金元時候的音樂雖固舊鄙陋，但人們偶一歌唱，便取笑這些粗俗的音樂。人們既然都取其音樂來傳唱，卻仍笑稱這些音樂的鄙陋，這樣看來，實可謂之為「自暴」；又人們既然都已經知道了這些道理，卻仍違背良心說它們的不是，此又謂之為「自棄」。像這樣人們對音樂所採取「自暴自棄」的態度，究竟該如何來論樂呢？因此，想要分辨雅樂與俗樂，就應當使知音的人不要過於尊奉前代的規臬，不要看輕當代的音樂，所謂當今的世人，應當為懂得現代音樂的樂人而奏，而不是為弄不清楚時代觀念與價值的凡夫俗子而演奏。

況且，《漢書．藝文志》所提及的：「周衰俱壞，樂尤微眇，以音律為節，又為鄭衛所亂，故無遺法。」〔註46〕便說明當時的周代禮制已崩壞，音樂尤其微妙，以音律作為節度。又於顏師古的註釋裡論述：「言其道精微，節在音律，不可具於書。此言樂全在聲，非樂書所能傳也。」〔註47〕這便將音樂所傳的道，解讀得甚為精闢，而音律的部分則非樂書所能言傳記載的。再者，毛西河

〔註44〕見《竟山樂錄》卷三，頁327。

〔註45〕見《竟山樂錄》卷三，頁327。

〔註46〕見（漢）班固著、施之勉編：《漢書集釋．藝文志第十》冊九（台北：三民書局股份有限公司，2003年2月），頁4148。

〔註47〕見《漢書集釋．藝文志第十》冊九，頁4148。

先生又舉例說明：

> 六國魏文侯最好，古樂有樂人，竇公在漢文時尚存。獻其書乃周官大宗伯之大司樂章也。夫大司樂章有用乎，至漢武時河間獻王尤好樂，遂與毛生等采周官及諸子書言樂事者，搜討樂義，作〈樂記〉一篇。然於漢世樂毫釐無補，夫〈樂記〉言樂，亦甚娓娓，後人讀之，亦尚發奮，感興有志。古樂乃明著其書，而全不是樂，何則非樂聲也。〔註 48〕

此段論及六國的魏文侯非常喜歡古樂，而會演奏古樂的樂人竇公，是漢文帝時候的人。他曾獻上《周官・大宗伯》的〈大司樂章〉演奏。此外，在漢武帝時，河間獻王尤其喜愛音樂，於是與毛生等採《周官》與諸子書討論樂事的人，說明樂論的道理，並作〈樂記〉一篇。然而漢代當時的音樂，沒有什麼特殊性，因此就以〈樂記〉來漫談音樂。後人讀到這個部分時，也就感興而發，發憤著述。所以，這時所撰著的古樂，它的內容就非純粹為音樂或樂聲。況且，

> 獨志中所載，諸經篇目其於歌詩二十八家中，有河南周歌曲折七篇，周歌謠詩聲曲折七十五篇，此必傳周時歌詩之聲之曲折，而惜徒有其書目而書不傳耳。然則樂書不言聲，雖樂記猶無用，況其他矣。〔註 49〕

此段則言及，樂志中所記載的眾多篇目，其中的二十八家中，河南周歌曲的有七篇，周歌謠詩聲的有七十五篇，此樂聲則保留著周時歌樂的精神內涵。但令人惋惜的是，僅流傳書目，而內容已不再傳世。因此，像上述這樣的樂書，即未見到樂聲論述的內容。由此看來，古來的樂聲，多已亡佚，所存者也以舊時古樂的樂論文獻居多，而其文獻多隱含著當時社會對音樂所賦予的特殊意涵。因此，樂論歷經各代的傳承後，已多有定說，西河先生其樂論的貢獻，便在其舊說中提出獨到的見解，以重新檢視其內容與價值，並提升歷來較不受重視的民間音樂。

柒、結論

以上律數之外，筆者從西河先生的幾本著作，言其音樂方面的美學觀，總結來說，有以下幾個重點：

〔註 48〕見《竟山樂錄》卷三，頁 325。
〔註 49〕見《竟山樂錄》卷三，頁 325。

首先，關於「樂聲源於本體」之說，是談到音樂是人聲的藝術，人們應從聲音的本體來探求音樂，而不是從外界的事物來尋找音樂的本源。再者，西河先生又批駁，自從漢代以後，音樂往往被牽強附會地與五行、五事、五情、五氣、五時、五土、五位、五色聯繫在一起，但他並不認為，五聲與宇宙天地是有密切的關連性。其二，「樂音定聲之說」的部分，論及天地本有定數，而天數與地數各有聲，此二者相配後，再衍展為七聲或九聲，而七聲或九聲並分別以五聲作為基礎。再者，此聲所配之數，不以「五行、五氣、五色、五味」論之，但則以「天干、地支、八卦」來稱之。

其三，從「樂亡佚的因素」來看，西河先生提及，樂書越是完備，而樂越是不明。其實，其原因在於中國歷代樂書除了「分配五行，旁參五事」外，更有律數的附會，因而使得樂書論說雖甚為詳盡，但從樂律來看，卻也因此顯得極為複雜，且不易為讀者所瞭解。其四，「番、俗、雅樂之差等」，番樂、俗樂與雅樂的差等，依次為番樂、俗樂、雅樂，雅樂不僅置於番樂與俗樂之後，且不再視大中至正，和平的雅樂為正聲。再者，前代的學者，一般多貴雅而賤俗，但是毛西河所提出的「雅樂之賤」，便提高「俗樂」的層次。況且，同是清儒的江永，更言及「俗樂」與「雅樂」之別，以及從事雅樂的人，應需深入俗樂而後才會認識雅樂。

最後，關於「音樂流傳之雅俗」的問題，西河先生則以「倡樂」、「番樂」所設的樂官，來說明流傳於世間的俗樂，應與雅樂一般受到重視。況且，再從古聖先賢的「倡樂」與「俗樂」中，從中辨別其中的內涵，以得知民間俗樂的菁華。由此看來，西河先生不僅對古來樂論的舊說，加以廓清，另闢申說。尚且，亦提高民間音樂的地位，重新檢視其內容與價值，又教人習樂的先後，以及依次排列番樂、俗樂、雅樂的差等，以改變時人對雅俗音樂的刻板印象。因此，西河先生這樣為舊樂而重新定位的論說，其貢獻實不可抹滅。

捌、參考書目

1. （秦）呂不韋著，陳奇猷校釋（1984）：《呂氏春秋校釋》。上海市：學林出版社。
2. （漢）班固著，施之勉編（2003）：《漢書集釋・藝文志第十》。台北市：三民書局股份有限公司。
3. （魏）阮籍著（1979）：《阮嗣宗集》。台北市：華正書局。

4. （魏）嵇康著，黃中憲、王州民編（1992）：《嵇康詩文》。台北市：錦繡出版事業股份有限公司。
5. （後晉）劉昫著（1983）：《舊唐書》，載於《景印文淵閣四庫全書》，冊二百六十八。台北市：台灣商務印書館。
6. （宋）朱熹集注（1957）：《四書集注》。台北市：藝文印書館。
7. （清）毛奇齡著（1983）：《皇言定聲錄》，載於《景印文淵閣四庫全書》，冊二百二十。台北市：台灣商務印書館。
8. （清）毛奇齡著（1983）：《竟山樂錄》，載於《景印文淵閣四庫全書》，冊二百二十。台北市：台灣商務印書館。
9. （清）毛奇齡著（1983）：《聖諭樂本解說》，載於《景印文淵閣四庫全書》，冊二百二十。台北市：台灣商務印書館。
10. （清）江永著（1985）：《律呂新論》。北京市：中華書局。
11. （清）鄭玄注、孔穎達疏（1871）：《禮記注疏》，載於《十三經注述》。台北市：藝文出版社。
12. （清）紀昀著（2000）：《四庫全書總目提要》。石家莊：河北人民出版社。
13. 王俊義、黃愛平著（1999）：《清代學術文化史論》。台北市：文津出版社有限公司。
14. 李學勤編（2001）：《周禮注疏》。台北市：台灣古籍出版社。
15. 沈雲龍著（1985）：《清代名人軼事》。台北市：文海出版社有限公司。
16. 岸邊成雄著，梁在平、黃志炯譯（1973）：《唐代音樂史的研究》上冊。台北市：台灣中華書局。
17. 修海林、羅小平著（2002）：《音樂美學通論》。上海市：上海音樂出版社。
18. 夏野著（1991）：《中國古代音樂史簡編》。上海市：上海音樂出版社。
19. 梁啟超著（2002）：《中國近三百年學術史——「清代學術概論」合刊》。台北市：里仁書局。
20. 麥仲貴著（1977）：《明清儒學家著述生卒年表》。台北市：台灣學生書局。
21. 楊廷福、楊同甫著（1989）：《清人室名別稱字號索引》。台北市：台灣學生書局。
22. 劉藍著（2006）：《中國音樂美學》。台北市：文津出版社。
23. 蔡仲德著（1993）：《中國音樂美學史》。台北市：藍燈文化事業股份有限公司。

24. 錢穆著（1995）：《中國近三百年學術史》上冊。台北市：台灣商務印書館。

國立臺南大學「藝術研究學報」第1卷第2期（民國97年）：33～44